KB119282

이
어
달
리
기

조우리 연작소설

이어달리기

한겨레출판

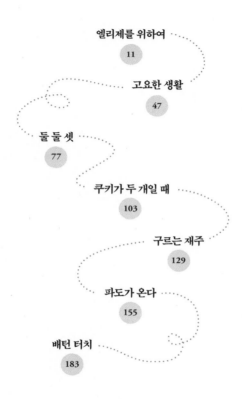

이미 나와 같은 세계를

살고 있는 동료들에게

◆ ◆ ◆

잘 지내고 계신가요?
저는 덕분에 잘 지냈습니다.
언제나 그랬어요.

그동안 고마웠습니다.

서로의 얼굴을 보며
끝인사를 하고 싶습니다.

살아서 하는,
저의 장례식에 초대합니다.

부디 저를 만나주세요.

◆ ◆ ◆

202X년 XX월 XX일 오후 5시부터
홍대 놀이터 옆 엘리제에서 기다릴게요.

엘리제를 위하여

산책하는 개들마저 붉은 옷을 입던 때였다. 차량이 통제된 왕복 8차선 대로 위를 빼곡히 채우고 앉은 사람들은 끊임없이 넘실대는 붉은 파도 같았다. 축구 경기가 시작하기까지 한 시간도 채 남지 않은 때였다. 사거리 한복판에 설치된 대형 전광판에서는 지난 경기의 하이라이트 장면이 재생되고 있었다. 얼린 생수와 돗자리를 파는 노점상, 하늘을 날아다니는 종이비행기와 풍선들, 태극기를 망토처럼 두르고 '대한민국'을 외치는 사람들과 그에 화답하듯 박자를 맞춰 울리는 클랙슨 소리……. 그 틈을 헤치고 검은 옷을 입은 두 사람이 모두가 바라보는 방향과 반대로 걷고 있었다. 스물아홉 살의 성희와 그의 연인이었다.

골목으로, 더 좁은 골목으로, 더 뒷골목으로. 둘은 손을 잡고 계속 걸어갔다. 처음 가는 길이었지만 망설임이 없었다. 눈을 감고도 찾아갈 수 있을 만큼, 머릿속으로 오래도록 그려본 길이었으니까. 그들은 그렇게 바라던 곳에 당도했다.

엘리제.

모든 것이 그려온 그대로였다. 완벽했다. 그곳에서 둘은 마주 앉는 대신 나란히 앉아서, 마음껏 서로의 몸에 기대어, 어떤 단어도 삼키지 않고 떠들면서, 많이 웃었다. 그동안 바깥에서는 축구 경기가 끝이 났고 승리에 취한 사람들이 상점의 유리창을 부수고, 버스 지붕에 올라가고, 술병을 깨고, 노래를 불렀다. 그러나 그런 일들은 바깥의 일, 그저 바깥의 일이었고, 엘리제에서 둘은, 그리고 엘리제 안의 모든 사람은 어둑한 조명 아래에서 자신이 하고 싶은 말만 했다.

그날, 성희는 알지 못했다. 영원할 것만 같았던 연인이 그해를 넘기지 못하고 자신에게 이별을 고하리라고는. 그다음 해에는 가장 친하게 지내던 친구 수진이 소개팅으로 만난 남자와 만난 지 몇 달 만에 결혼식을 올리고, 그 뒤로 어울리던 친구들이 모두 차례를 기다렸다는 듯 줄줄이 결혼을 하고 아이를 낳으리라고는. 배신감에 다시는 그들의 얼굴을 보지 않으려고 했지만, 통통한 손가락을 꼬물거리는 조카들은 거부할 수 없이 귀여웠다. 영영 혼자 남겨지리라는 비관도 틀렸다. 성희에게는 세 명의 연인이 더 찾아왔다가 떠났다. 성희는 새로운 연인이 찾아올 때마다 여전히 영원을 꿈꾸는 자신을 다시금 발견했다. 꼭 그날처럼.

그리고 엘리제가 있었다. 그것만은 성희도 분명하게 예상할 수 있었다. 성희의 의지로 이루어진 일이었으니까.

저축과 대출을 전부 끌어서 경매로 나온 건물을 매수했다. 10여 년 동안 한 번도 임대료를 올리지 않았다. 그런데도 엘리제를 운영하는 사람들은 오래 버티지 못했다. '레즈비언 업소'가 이만큼이나 버텨온 것도 대단한 일이라는 말만 들었다. 굳이 '전용 업소'를 찾을 필요가 없을 정도로 시대가 달라져서일까. 여성 임금이 남성 임금의 60퍼센트밖에 되지 않아서일까. 이런저런 생각을 하다가 직접 운영해볼까도 했지만 자신에게 그런 수완은 없다는 걸 잘 알았다. 하던 일을 하며 돈을 버는 게 나았다. 다행히 지금의 사장인 미카가 엘리제를 잘 꾸려나가서 안심했는데, 얼마 전 더는 힘들겠다고 연락을 해왔다. 건강이 안 좋다는 사람을 마냥 붙잡을 수는 없었다.

사실 성희는 건강에 있어서 누굴 걱정해줄 처지가 아니었다. 건강이 제일 중요하다고 버릇처럼 이야기하면서도 정작 자신의 건강은 챙기질 않았다. 방심하고, 자만했다. 담배를 일찍부터 배웠고, 술을 피하지 않았다. 커피도 누구 못지않게 즐겼다. 새벽까지 모니터 속 숫자를 들여다보는 일을 했다. 그것도 끼니를 거를 정도로 지나치게 열심히. 타고나길 예민한 기질이면서 사람을 좋아해 받지 않아도 될 스트레스까지 받았다. 수면 장애 때문에 아무리 피곤한 날에도 서너 시간마다 잠에서 깼다. 덕분에 빠짐없이 고루고루 몸이 삭았다. 시한부라는 단어는 드라마에서 질리도록 봤지만, 정작 자신의 주치의가 그 말을 했을 때는 어떤 반응을 해야 할지 몰랐다.

길면 반년, 짧으면 석 달. 성희는 자신이 벌인 일들을 잘 마무리해야겠다고 생각했다. 해야 할 일이 분명했다. 펜을 들었다.

사랑하는 나의 조카, 혜주에게.

* * *

당신도 알다시피, 엘리제는 거기에 있다. 하지만 당신이 그 사실을 알고 있다고 해서 엘리제를 단번에 찾을 수 있을 거라는 자만은 하지 않는 것이 좋다.

처음 엘리제를 찾아온 당신은 설렘을 안고 골목에 들어설 테지만, 그 들뜬 발걸음 그대로 골목의 끝까지 가서야 무언가 잘못되었다는 것을 알게 된다. 그리고 지나온 길을 되짚어 걸으며 이번에는 한눈팔지 말아야지, 다짐한다. 그러나 당신이 한눈을 팔았던가? 당신은 충분히 주변을 잘 살피며 엘리제를 찾지 않았던가. 당신은 불안해지는 마음을 다독이며, 이번에는 진짜로, 시야에 들어오는 모든 것에 주의를 기울이려 노력한다.

하지만 그 골목에서 새롭게 눈에 띄는 것은 별로 없다. 골목을 이루는 건물들은 비슷한 형태와 재질로 서로 몸을 기댄 채 낡아가는 중이고, 세 개의 전봇대 주변으로 무신경하게 주차되어 있는 오토바이, 버려진 자전거, 한계치까지 채워 넣은 종량제 쓰레기봉투는 있을 수도 있고 없을 수도 있고. 별로 길지도 않은 골목이다. 당신은 몇 번 이쪽 끝과 저쪽 끝을 오가다가 여기가 아닌가 하며 다른 골목도 기웃거리다가 다시 그 골목으로 돌아올 것이다.

그러다 당신은 문득, 오래된 시멘트 건물 외벽에서 흔히 발견할 수 있는 검은 균열이라고 생각했던 것이 사실은 누군가가 손 글씨로 적은 '엘리제'라는 글자인 것을 깨닫는다. 그것이 엘리제의 유일한 표지로서 간판 역할을 했다. 세상에. 당신은 놀란다. 어떻게 모를 수가 있지? 이렇게 커다랗게, 분명하게 '엘리제'인데. 당신은 괜히 하늘을 한번 올려다본다. 그리고 고개를 내려 '엘리제'라는 글자가 여전히 읽힌다는 것을 확인하고, 그 아래에, 당신이 몇 번이나 지나치면서도 알아채지 못했던, 특별할 것 없이 전형적인 규격의 모습을 하고 있는 철문의 둥근 손잡이를 조심스럽게 잡아 돌려본다.

아닌가? 당신은 그렇게 말할지도 모른다. 여기가 아닌가. 문은 매끄럽게 열렸는데 그 안은 어둠이다. 당신은 망설이면서도 한 발 더 안으로 들어서고, 당신의 등 뒤에서 문이 닫힌다. 그제야 짧은 복도 끝에서 희미하게 새어 나오는 불빛이 보인다. 무슨 소리가 들리는 것 같다. 노래, 그 노래는 당신도 아는 노래다. 적당히 따라 흥얼거릴 수 있는 팝송인데, 제목이 잘 떠오르지 않는다. 당신이 손을 뻗으면 커튼. 빛을 아주 희미하게 투과시키는, 커튼이 있다. 당신은 커튼을 젖힌다.

차라락, 커튼 끝자락에 매달린 크리스털 구슬들이 서로 부딪치며 당신을 환영한다.

그래, 거기가 엘리제다.

그리고 분명히 해야 할 것. 엘리제는 숨지 않았다. 거기에 있었고, 계속 거기에 있다. 엘리제의 방식으로. 엘리제로.

* * *

사랑하는 나의 조카, 혜주에게.

축하해. 네가 최후의 1인이다. 난 네가 해낼 줄 알았어.

이제 마지막 미션을 완수하면, 넌 나의 유산을 갖게 될 거야.

네가 정말 자랑스럽다.

마지막 미션 : 홍대 놀이터 옆 엘리제를 찾아가 그곳의 문제를 해결하시오.

최후의 1인이라······ 혜주는 그 말을 몇 번 곱씹다가 편지를 도로 곱게 접어 봉투에 넣었다. 언젠가 이런 날이 올 거라고 예상했었다. 혜주는 자신의 능력을 과소평가하는 사람이 아니었다. 이대로 계속 미션을 수행하다 보면 결국 최후의 1인이 될 거라는 생각을 했다. 예상하지 못했던 건 지금 자신의 기분이었다. 뛸 듯이 기쁘지는 않더라도 조금은 기분이 좋을 줄 알았는데 싱숭생숭하기만 했다.

처음 성희의 편지를 받았을 때는 또 새로운 놀이를 만들었나 보다 생각했다. 성희는 기존에 있던 놀이에 새로운 규칙을 더해 새로운 놀이를 만드는 걸 좋아했다. 빨리 파산하는 사람이 이기는 부루마블이라든지, 절대 찾을 수 없는 쪽지를 숨긴 사람이 모든 보물을 갖게 되는 보물찾기 같은 것. 하지만 아무리 그래도 미션을 성공하면 보상을 주는 편지라니, 게다가 그 보상이 자신이 남길 유산이라니. 그런 건 유럽의 몰락한 귀족 소녀들이 괴짜 대고모에게서나 제안받는 것 아니었나.

이모에게 물려줄 유산 같은 게 있나? 혜주는 의심이 들었지만, 어쨌거나 성희와 하는 놀이는 재미있었으므로 곧바로 미션에 참여하기로 했다.

《이상한 나라의 앨리스》, 《작은 아씨들》, 《빨간 머리 앤》의 완역본을 읽고 독후감을 쓰시오.

그것이 첫 번째 편지에 적힌 미션이었다. 편지는 혜주를 포함해, 성희와 혈연관계는 아니지만 서로를 이모와 조카로 칭하는 것이 너무도 당연한 일곱 명의 소녀들에게 전달되었다. 첫 번째 미션은 모두가 성공했고, 그 보상으로 그해 겨울에 다 같이 스키장에 갔었다. 성희가 운전하는 밴을 타고 가는 길은 미리부터 챙겨 입은 두툼한 옷 속으로 땀을

홀리면서도 즐거웠다. 고속도로 휴게소에서 먹은 통감자 구이와 핫도그의 따끈하고 짭짤한 맛은 아직도 생생했다.

그때 서로의 핫도그에 케첩을 뿌려주었던, 하루 종일 눈밭을 함께 구르며 웃었던 그 애들은 언제쯤 이 놀이를 끝내기로 결심했을까. 혜주는 텅 빈 슬로프에 홀로 서 있는 기분이 들어 울적해졌다. 그 울적함이 우울로 달라붙지 않도록 여러모로 애를 써야 했다. 냉장고 속의 사과를 갈아 마시고, 유튜브에서 명상 요가를 검색했다.

하필 마지막 편지를 받은 그날 인턴으로 근무하던 온라인 마케팅 회사에서 정규직 전환 불가 통보를 받았던 것이 혜주가 자꾸만 부정적인 연상 작용에 빠지도록 부추겼다. 졸업 후 세 번째여서 실망하는 일에도 적응했으리라 생각했는데 쉽지 않았다. 혜주가 기획한 카드뉴스는 채널 개설 이래 최고의 조회수를 기록했고, 혜주가 설계하고 집행한 광고의 도달률과 반응률도 높았다. 하지만 그게 다였다. 인턴의 실력이나 실적이 반드시 고용으로 이어지는 것은 아니며, 정규직이 아니라는 말이 정규 인간이 아니라는 뜻이 아니란 것도 머리로는 이해했지만…… 몹시 피곤했다. 그런 와중에 보게 된 '최후의 1인'이라는 말은 도무지 긍정적으로 받아들여지지 않았다. 평소의 혜주라면, 반드시 마지막 미션을 완수하고 유산을 받겠다는 승부욕이 솟아났을지도 모르겠다. 하지만 지금은 그저 괴짜 이모의 장단을 아직까지도 맞춰주고 있는 게 자신밖에 없다는 생각에 입맛이 썼다.

다들 종착역이 오기 전에 눈치껏 잘 내렸는데 자신은 심지어 종착역도 지나쳐서 차고지까지 들어와버린 게 아닐까. 멈춰버린 열차, 불 꺼진 객실에 덩그러니 홀로 남아 있는 게 아닐까. 최후의 1인이 되어서……. 그렇게까지 생각이 뻗어나가자 혜주는 잠을 좀 자기로 했다. 불행의 구체적 형상을 그리려는 뇌를 멈출 필요를 느꼈다. 그렇게 이불 속으로 들어가기 전에 성희의 편지는 대충 집 안 가구 아무데나 올려두고 잊어버렸다. 일주일이 지나, 성희에게서 재촉 메시지가 도착할 때까지.

─미션을 실행하시겠습니까? 포기하시겠습니까?

성희는 메신저 프로필 사진 속에서 바다를 배경으로 환히 웃고 있었다. 속초나 부산, 제주는 아닌 것 같았다. 물빛이 그랬다. 넘실대는 이국의 파도 앞에 선 성희의 옷차림도 한국의 계절과는 맞지 않았다. 이모 좋아 보이네, 아주 좋아 보여. 혜주는 심통이 난 표정으로 답장을 보냈다.

─정말 내가 최후의 1인이야?

—그렇게 쓰여 있으면 그렇지.

　　—이모의 유산이라는 건 대체 뭔데?

　　—편지에 없는 내용은 묻지 마시오. 규칙을 잊은 건 아니지?

　　—아니, 이모가 유산이 있긴 있냐고. 신나게 다 써버리는 중인 거 같은데?

　　—미션을 포기하거나 실행하시오. 미션을 성공하면 보상이 주어집니다.

　　이모도 이제 나이가 쉰이 넘었는데, 이런 대화를 하는 게 민망할 때는 없을까. 혜주는 피식 웃음이 나왔다. 성희라면 아주 진지하게, 진심으로 자신의 역할에 몰입할 게 분명했다. 미션, 성공, 보상, 그런 말들을 꾹꾹 눌러쓰는 성희의 신난 표정이 눈에 선했다.

　　성희에게 유산이랄 게 정말 있기는 한지, 있다고 한들 얼마나 대단한 것일지는 몰라도 지금껏 혜주가 미션을 수행하고 얻은 보상들은 충분히 부족함 없이 가치 있는 것들이었다. 난생처음 바다를 보았고, 그 바다에서 수영을 배웠고, 함께 세종문화회관에 가서 오페라를 보았다. 태권도 학원도, 컴퓨터 학원도, 운전면허 학원도, 모두 성희가 수강료를 내주었다. 지금의 혜주를 이루는 많은 부분이 성희 덕분에 계발되었다. 그러니 성희의 유산이 알사탕 하나라고 해도, 혜주는 자신에게 이 놀이를 완성할 의무가 있다고 생각했다. 지난 일주일 동안 낙방을 곱씹으며 충분히 비생산적으로 지내온 덕에 이제 다시 뭔가 해볼까 의욕이 생긴 참이기도 했다.

— 이제 와서 포기할 순 없지. 실행뿐입니다요.

혜주는 노트북을 켜고 인터넷 창을 열었다. 포털사이트에 접속해 편지 속 단어들을 검색창에 넣었다.

홍대 놀이터 옆 엘리제.

그런데 호기로운 클릭 뒤에 이어지는 검색 결과가 영 마땅치 않았다. 혜주의 검색어는 단어별로 쪼개진 채 '맛집', '플리마켓', '데이트 코스', '버스킹 노하우', '놀이터 운영 시간이 정해져 있나요?', '담배꽁초 무단 투기 벌금 안 내면 고지서는 며칠 내로?' 같은 것들과 엮일 뿐이었다.

혜주는 검색 결과 창을 닫고 지도를 열었다. 홍대는 홍익대학교, 홍대 놀이터라는 건 홍익대학교 정문 근처의 홍익어린이공원인데, 옆이라니. 옆. 그게 문제였다. 혜주는 마우스 휠을 굴려 위성사진을 최대한 확대한 뒤 모니터에 얼

굴을 가까이 들이댔다. 홍익어린이공원에는 따로 정문이랄
것이 없어 보였고, 따라서 후문도 없었다. 어디가 앞이고 뒤
이고 옆인지, 알 수가 없었다.

"일단 한번 가볼까?"

소리 내어 말했더니 마치 누군가가 슬쩍 알려준 정답
같았다.

훗날 혜주는 엘리제를 처음 찾았다는 누군가에게 "찾
아오기 힘드셨죠?"라고 묻고 "별로 힘들지 않았다"라는 뜻
밖의 대답을 듣는다. 그리고 도구를 쓴다는 것은 도구의 사
용법을 안다는 것만이 아니라 적절한 도구를 선택하는 과
정까지 포함한다는 것을 새삼 깨닫는다. 혜주가 엘리제에
대해 알고 싶었다면, 포털사이트의 검색창이 아니라 다른
사이트의 검색창을 찾았어야 했다. 그러면 홍대입구역 9번
출구에서 엘리제를 가장 쉽게 찾아갈 수 있는 루트뿐만 아
니라 추천 메뉴, 신청곡 넣는 법, 생일 파티 할인율은 물론
이고 엘리제의 주말 아르바이트생이 솔로인지 커플인지 이
상형은 어떤 스타일인지도 알 수 있었을 텐데. 무엇보다 검
색어를 '엘리제'가 아니라 'L리제'라고 입력해야 한다는 사
실만이라도 알았더라면. 그러나 안타깝게도 아무것도 몰랐

던 혜주는 엘리제를 찾기 위해 온라인에서 두 시간, 오프라인에서 한 시간을 헤맬 수밖에 없었다.

"혹시 엘리제 찾아오셨어요?"

엘리제의 평일 아르바이트생 페페가 출근길에 혜주를 발견하고 말을 걸어주지 않았더라면, 혜주는 한참을 더 헤맸을 것이다. 다행히도 페페는 몇 번이나 방황하는 엘리제의 손님들을 이끌었던 경험이 있었다. 혜주는 자기도 모르게 구원자의 손을 덥석 잡았다가, 머쓱해하며 놓았다.

"맞아요. 엘리제, 엘리제요."

페페는 혜주를 향해 너그럽게 웃어주었다.

오후 4시였고, 엘리제는 오픈 전이었다. 엘리제의 영업 시간은 오후 5시부터 새벽 2시까지. 페페가 열쇠로 문을 따며 알려주었다. 혜주가 엘리제의 문을 좀 더 일찍 찾았다고 해도 들어갈 수는 없었을 것이다. 정말 여러모로 헤매고 있었던 것이다.

엘리제에는 여섯 개의 4인용 테이블과 다섯 명이 앉을 수 있는 바가 있었다. 테이블에는 자줏빛 소파가, 바에는 원목 스툴이 딸려 있었다. 페페가 혜주를 바에 앉히고 물었다.

"지금은 간단한 칵테일이랑 비스킷 정도만 가능해요."

"아, 저는 물이요."

혜주는 엘리제를 둘러보느라 바빴다. 고개가 연신 돌아가고, 눈동자가 바쁘게 움직였다. 페페는 그런 혜주의 모습에서 처음 엘리제를 찾아왔던 날의 자신의 모습을 발견하고는 애틋한 마음을 느꼈다. 엘리제가 있다는 것, 그 사실을 알게 된 것만으로도 마음이 벅차 당장에 움직일 수밖에 없었던 어떤 날의 자신. 아마 이 손님도 그런 마음이었겠지, 그리고 지금은 엘리제에 와 있다는 실감이 나질 않아서 그저 마냥 신기하고 놀랍겠지. 페페는 고블릿 잔에 얇게 썬 레몬 조각을 넣고 얼음물을 따랐다. 혜주가 속으로 무슨 생각을 하고 있는지 알았더라면 그런 친절은 없었겠지만, 페페의 눈에 혜주는 엘리제의 바에 앉아 있다는 사실에 감격을 느끼는 것으로만 보였다.

'세상에…… 너무 구리다…….'

혜주는 페페가 건넨 물을 마시며 계속해서 엘리제의 곳곳을 훑어보았다. 그리고 페페의 짐작과는 전혀 다른 의미로 놀라는 중이었다.

혜주는 혼란스러웠다. 도대체 여기는 뭔지, 어쩌자는 콘셉트인지 도무지 알 수가 없었다. 바닥과 천장, 벽은 모두 짙은 회색이었는데 검은 선으로 이집트 벽화 같은 것이 그

려져 있었다. 자세히 보니 고양이의 실루엣이었다. 천장 한 가운데에 커다란 붉은 크리스털 구슬들이 매달린 검은 샹들리에가 걸려 있는데 조명은 들어오지 않았다. 테이블이 놓인 자리마다 벽에 걸린 작은 전구들이 침침한 빛을 뿜고 있었는데, 그 전구를 알록달록한 한지로 감싸놓아 청사초롱이라고밖에는 할 수 없는 생김새였다. 테이블과 소파는 높이가 맞지 않는 것이 제짝이 아닌 게 분명했고, 테이블마다 놓인 티슈 케이스는 왜 크리스털인지⋯⋯ 소파에 얹어둔 쿠션은 왜 뱀 무늬인지⋯⋯ 아르바이트생이라는 사람은 왜 갑자기 가죽 바지로 갈아입고 나오는지⋯⋯ 설마⋯⋯ 가죽 바지에 실크 셔츠가 유니폼은 아니겠지? 색지를 코팅한 메뉴판에 '감자튀김 3만 원'이라고 적혀 있는데 도대체 감자를 얼마나 주길래⋯⋯ 어라⋯⋯ 어디서 갑자기 미러볼이 돌아가네⋯⋯.

"저기, 죄송한데, 혹시 여기 무슨 문제가 있나요?"

혜주는 모든 것이 문제라고 생각하면서도, 애써 침착하게 물었다. 어디선가 성희의 목소리가 들리는 것 같았다. 홍대 놀이터 옆 엘리제를 찾아가 그곳의 문제를 해결하시오. 과연 문제가 있을 만한 곳이 분명하단 생각이 들었다.

"문제요?"

"네, 여기 문제가 있다고 해서 제가 온 거거든요."

"글쎄요."

문제가 없다고요? 혜주는 입 밖으로 튀어나오려던 말을 겨우 삼켰다.

"사장님 오시면 여쭤보시겠어요?"

그래, 문제는 아무래도 그쪽이겠지. 아르바이트생에게는 잘못이 없지. 혜주는 고개를 끄덕였다. 그리고 그래도 영업하는 가게인데, 물 잔만 놓고 있을 수는 없다는 생각이 들어 칵테일을 하나 시키기로 했다.

"지금 칵테일 뭐가 되나요?"

"미도리 사워, 피치크러시, 진토닉, 그리고 저희 가게 시그니처인 '엘리제를 위하여' 주문하실 수 있어요. '엘리제를 위하여'를 주문하시면 제가 직접 만든 초콜릿도 같이 드리고요."

그렇게 말하며 페페가 윙크를 한 것처럼 보인 건 혜주의 착각이었을까. 설마 그게 고객 응대 매뉴얼일까. 그냥 평범하게, 평범하게 시키자. 혜주는 호기심이 가는 방향으로 움직이려는 자신을 다독였다.

"저는 그냥 진토닉, 진토닉으로 주세요."

혜주는 오픈 시간이 되자 기다렸다는 듯이 커튼을 젖히며 들어오는 손님들을 보며 놀랐다. 도대체 이 사람들은 어디서 어떻게 알고 이곳을 찾아와서 3만 원짜리 감자튀김과 2만 원짜리 치즈 나초를 시키는 것도 모자라 아직 사장님이 출근하지 않아서 2만 5000원짜리 해물떡볶이는 시킬 수 없다는 말에 슬퍼하는 걸까. 사실은 그 모든 게 너무나 맛이 있는 걸까. 다른 곳에서 먹는 감자튀김, 치즈 나초, 해물떡볶이와는 차원이 다른 천상의 맛이? 양도 적어 보이는데?

그러다 엘리제가 만석이 되자, 혜주는 비로소 손님들의 모습을 제대로 볼 수 있었다. 입구에서 가장 가까운 테이블에 앉은 네 명의 여자 손님. 그들은 소개팅 주선자와 당사자로 이루어진 팀이었다. 주선자들은 분위기를 적당히 띄우고 빠져줄 셈이었던 것 같은데, 도무지 분위기가 띄워지질 않았다. 그래서 어색하게 잔만 계속 부딪히는 중이었다. 아무래도 실패인 듯했다. 그 뒤의 테이블은 케이크를 올려놓고 생일 파티를 하는 세 명의 여자 손님. 생일을 맞은 사람은 고깔모자를 억지로 썼는데, 막상 쓰고 보니 마음에 들었는지 고깔모자의 각도를 조절해가며 셀카를 찍느라 바빴고 그 모습을 보면서 입꼬리가 내려갈 줄 모르는 쪽은 연인이거나 연인을 지망하는 사람인 듯했다. 중앙 테이블에 앉은 두 명의 여자 손님 중 한 명은 페페에게 관심이 있는 게 분명했다. 다른 한 명이 부추기듯 자꾸만 눈짓을 했다.

여기는 찾아오고 싶은 사람들이 찾는 가게구나. 가장 안쪽 테이블에 앉은 여자 손님 둘은 서로에게서 눈을 떼지 않은 채 조용히 무슨 말을 속삭이고 있었다. 이따금 상대의 머리카락을 쓸어 넘기거나 뺨을 어루만지면서. 혜주는 진토닉을 추가 주문했다.

"손님들이 여길 정말 좋아하네요."

"좋아서 좋은 게 아니라 좋아할 수밖에 없는 거죠."

"다른가요?"

"선택지가 없으니까, 이왕이면 좋게 생각해야죠."

말은 그렇게 심드렁하게 하면서 누구보다 엘리제를 좋아하는 사람의 얼굴을 하고서, 페페가 이어서 말했다.

"저희 가게가 경쟁 대상이 없거든요. 인테리어도 더 세련되게 하고, 음식도 더 맛있게 하고, 그러면서 가격도 저렴하고, 그런 가게가 없어요. 그렇다고 저희가 독과점의 횡포 같은 걸 부린다고 하기도 좀 애매한 게, 저희도 수지 타산 같은 거 계산하면서 했더니 이거라서. 이상하죠? 그런데 또 정붙이고 보면 나름 괜찮거든요. 아늑한 맛이 있다고나 할까. 그쪽도 이제 적응됐죠?"

우리 가게 분위기, 하면서 페페가 내미는 진토닉 잔을 받으며 혜주는 생각했다. 아뇨, 전혀. 그리고 이 진토닉도 사실 아주 별로예요. 아무래도 바텐더를 하기엔 소질이 없으신 거 같아요.

* * *

성희는 라니카이 해변의 선베드에 누워 있었다. 하와이에 온 지 열흘째였다. 유명하다는 와이키키나 하나우마베이도 가보았지만 라니카이가 제일 마음에 들었다. 파도가 아주 잔잔하고 모래가 고와서 열정적인 서퍼들 대신 아이를 동반한 여행객들이 튜브를 띄우고 시간을 보냈다. 그 적당한 복닥거림이 마음에 들었다.

─미션 완료!

메신저 알림이 울렸다. 소정에게서 온 것이었다. 몇 장의 사진이 뒤이어 도착했다. 성희가 편지를 보내는 조카들 중 소정이 가장 먼저 마지막 미션을 통과한 것이다. 성희는 준비한 서류들을 소정에게 메일로 보냈다. 그리고 나머지 조카들도 저마다의 방식으로 미션을 완수하고 소식을 전해오기를 기다렸다.

왜 이렇게 이 아이들을 좋아하게 되었을까. 소중한 친구들의 아이라서, 성희가 좋아한 친구들의 모습을 닮았기 때문일까. 그것도 부정할 수 없는 이유였지만, 생각해보면 성희는 자신이 아이였을 때도 아이들을 좋아했다. 아이들이 아프지 않기를, 걱정 같은 건 하룻밤 자고 일어나면 모두 잊을 수 있는 가벼운 것들뿐이기를, 나쁜 쪽으로 기웃거리게 하는 어른을 만나지 않기를 바랐다.

가장 신경이 쓰이는 건 혜주였다. 혜주는 가끔 등을 떠밀어주는 사람이 있어야만 자신이 달릴 수 있다는 걸 깨닫곤 했다. 혜주에게 엘리제를 맡기는 건 옳았다고 생각하지만, 좀 더 친절한 편지를 보내야 했을까. 고민을 하다가도 혜주의 얼굴을 떠올리면 그래, 혜주가 잘 알아채겠지, 눈치가 빠른 아이니까 싶었다. 그런 건 제 엄마를 꼭 닮았으니까.

수진이 결혼을 하고 혜주가 태어날 때까지, 성희는 수진을 만나지 않았다. 청첩장을 받은 날 절교를 선언했다. 결혼식도 가지 않았고, 걸려오는 전화도 받지 않았다. 머리로는 이해할 수 있었다. 충분히 그럴 수 있는 일이라고 생각했다. 사람의 마음이라는 게, 마음을 가지고 살아간다는 게, 잘 벼린 칼로 베어내듯 깨끗한 단면으로만 유지될 수는 없는 거라고. 색이 변하고, 찌그러지고, 끊어지고, 뭉개지고, 그럴 수도 있는 것이다. 그렇게 생각해도 잘 안 됐다. 수진을 만날 수 있게 되지가 않았다. 혜주가 태어났다는 소식은 수진의 남편 부고와 함께 도착했다. 그때서야 수진을 만나겠다고 결정한 건 분명 못된 마음이었다.

"혜주야, 이모한테 인사해."

수진이 제 딸에게 그렇게 성희를 소개했을 때, 성희는 혜주에게 좋은 이모가 되고 싶다고 생각했다. 제 나름의 방식으로 열심히 그 결심을 지키면서 살아온 것 같은데, 모쪼록 혜주도 그렇게 생각하길. 나중에 성희를 추억하면서, 그이모 진짜 좋았는데, 그런 말을 해주길. 다른 조카들도 함께라면 더 좋을 것이다. 서로가 기억하는 성희에 대해서 시시콜콜한 이야기를 나누면서 웃을 수 있다면.

* * *

엘리제의 사장 미카가 출근한 건 저녁 7시였다. 다행히 혜주가 네 잔째 진토닉을 주문하기 전이었다.

"저를 찾아오셨다고요?"

"찾아왔다기보다는 찾아가라는 말을 듣고 온 거긴 한

데요. 차성희 씨가 여기 문제가 있으니 해결하라고 하셔
서.”

“아, 건물주님께서?”

혜주는 비로소 오랜 의문을 풀었다. 이모의 유산이라는
게, 이 건물이구나. 서울 번화가의 건물. 그렇다면 유산이라
는 말을 써도 되지. 되고 말고. 제가 정말 이 건물을 상속받
을 가능성이 있는 유일한, 최후의, 1인이란 말입니까. 혜주
는 성희가 있는 방향을 알면 당장 절이라도 하고 싶은 심정
이었다.

“제가 가게 운영을 더 하기가 힘들어서요.”

“그러셨구나.”

“주변에 가게를 맡아줄 사람을 찾기도 힘든 상황이거
든요.”

“그러시구나.”

“그런데 폐업은 절대 안 된다고 하시니…….”

“네? 누가?”

“건물주님이죠. 그래서 오신 거 아닌가요? 가게를 맡아
주시러.”

혜주는 반사적으로 고개를 저었다. 혜주에게 ‘가게’라
는 말은 혜주의 어머니가 종종걸음으로 바쁘게 오가던 작

은 국숫집을 떠올리게 했다. 그리고 국숫집 안쪽의 작은 살림방을. 찾아오는 손님을 맞고, 음식을 내어놓고, 그 값을 매겨 돈을 받는 일을. 불 꺼진 가게에서 그날 번 돈을 세어보는 일. 그렇게 일을 해서 가게를 꾸리는 어머니의 모습. 혜주는 그런 건 절대로 하지 않을 거라고 다짐해왔다. 게다가 이 가게를? 성희가 혜주에게 그럴 리가 없었다. 가게 밖의 세상을 보여주었던 것이 성희였다.

   게다가 최후의 1인에게 주어진 마지막 미션이었다. 혜주는 엘리제를 천천히 둘러보았다. 누구보다 멋지게 해결하고 싶었다. 지금까지 혜주에게 주어졌던 수많은 미션이 오늘을 위한 것이었다면, 성희가 생각하는 최고의 해결책은 무엇일까. 혜주는 성희가 되어 생각해보기로 했다. 성희가 자신을 잘 알 거라고 믿는 만큼, 자신도 성희에 대해 알고 있다고 생각했다. 그러니 내가 이모라면, 이모가 나라면. 그렇다면. 곧 혜주의 눈이 엘리제의 한곳에 멈췄다. 혜주는 자신이 떠올린 답을 분명 성희도 원할 거라는 걸 알았다.

   혜주는 우선 엘리제를 포털사이트 '장소 정보'란에 등록했다. 뒤이어 인스타그램 계정을 만들고 해시태그 이벤트를 시작했다. 감각적인 디자인 스튜디오에 외주 의뢰를

해서 피드를 꾸몄다. 사용자 위치 정보를 기반으로 한 광고도 등록했다. 타깃은 마포구 소재 음식점 혹은 카페 계정을 팔로우 하고 있는 20대부터 50대까지의 대한민국 거주 여성으로 한정했다. 그간의 인턴 경험이 빛을 발했다. 팔로워가 순식간에 불어났다.

"앤틱 빈티지, 시크릿 플레이스, 분위기 맛집, 독보적 감성…… 이게 다 뭐 하는 거예요?"

페페가 항의했지만, 사장인 미카가 혜주에게 순순히 협조했으므로 막을 방도가 없었다. 혜주는 입구에 철문 대신 티크 원목으로 된 문을 달고 보라색 네온으로 'Élysée'라는 사인을 만들어 붙였다. 테이블은 무릎보다 낮은 높이로 바꾸고, 소파에는 흰색 페인트를 뿌렸다. 한쪽 벽에는 중고가구 판매점에서 구매한 자개장롱을 가져다 두었다.

"요즘 유행 중에 갖다 붙일 만한 게 있어서 다행이에요. 전부 뜯어고치려면 힘들었을 텐데."

엘리제의 시그니처 칵테일인 '엘리제를 위하여'는 '엘리제, 에이 마이너'라는 이름으로 바뀌었다. 칵테일 대신 글라스 와인 리스트가 메뉴판을 차지했다. 감자튀김, 치즈 나초, 해물떡볶이 대신 '올 어라운드 치즈 플레이트'가 안주 페이지를 채웠다. '1인 1메뉴 주문 필수, 이용 시

간 2시간, 와이파이 비밀번호 영수증 하단에'라는 안내문
이 붙었다. '레즈비언과 친구들'이라고 적힌 무지개 플래
그와 함께.

"계속 동굴에 숨어 있을 필요가 있나요. 엘리제를 열린
공간으로 만들어요. '우리 편'이 많아지면 좋잖아요."

페페는 대꾸할 말을 쉽게 찾지 못했다. 엘리제가 동굴
이었나. 아니라고, 할 수 없었다. 그래, 엘리제는 동굴이었
다. 고립을 자처하며 찾아온 사람들이 어둠 속에 몸을 숨겼
다. 같은 어둠에 잠긴 사람들끼리 무방비하게 체온을 나눴
다. 안전하다는 느낌 속에서. 안전? 그건 무엇으로부터의
안전이었을까. 혐오로부터? 폭력으로부터? 다만 그것들로
부터? 페페는 뭔가를 말하고 싶었지만, 머릿속의 생각들이
점점 더 엉키기만 할 뿐 실마리를 잡을 수가 없었다.

"엘리제를 많은 사람들이 찾는 곳으로 만드는 거예요.
더 유명하고, 더 잘나가는 곳으로. 다들 좋아하는 곳으로.
그렇게 손님이 늘어 장사가 잘되면 인수할 사람도 나타나
겠죠."

혜주의 말대로, 손님이 늘었다. 아주 많이. 엘리제의 네
온사인은 포토 존이 되었다. 다들 줄을 서서 사진을 찍었다.
허리를 숙여야만 잔을 들 수 있는 낮은 테이블은 항공샷

이 잘 나와서 아무도 불평하지 않았다. 자개장롱 앞 테이블은 자개에 반사되는 조명이 공교롭게도 인생샷을 만들어주었다. 인기가 많아 예약한 손님만 그 자리에 앉을 수 있었다. '엘리제, 에이 마이너'를 시키면 무지개 타투 스티커를 하나씩 줬는데, 유명 유튜버가 뺨에 붙이고 방송을 한 뒤로 주문이 몰려서 하루에 서른 잔 한정으로만 판매했다. 미카와 페페만으로는 힘에 부쳐서 미카의 연인인 체크와 페페의 친구 로이가 함께 일을 해야 했다. 엘리제를 인수하겠다는 사람들도 여럿 나타났다. 권리금 흥정을 붙일 수 있을 정도였다.

미카는 누군가 엘리제의 문을 부수거나, 입구에 오물을 뿌리거나, 손님들을 공격하는 악몽을 꾼다며 불안해했지만 실제로는 아무 일도 일어나지 않았다. 엘리제가 매일 손님들로 붐볐기 때문에 그런 일이 일어날 틈이 없었다는 것이 정확했다.

페페는 이전에 엘리제를 찾아오던 손님들이 불편해하지 않을까 걱정했다. 다행히 그들은 엘리제의 변화에 크게 불만을 표시하지 않았다. "와, 좋아졌네요"라거나 "완전 힙해졌네" 하면서 여전히 엘리제를 찾는 손님들도 많았다. 새롭게 늘어난 손님들과의 마찰도 없었다. 다만 단골이었던 어떤 손님들은 다시는 엘리제에 발걸음을 하지 않았다.

미카가 과거를 추억하는 노인처럼 "세상이 정말 달라지긴 했나 봐"라고 말할 때마다 그 말에 담긴 의미를 잘 알고 있는 페페는 정말 세상이 달라졌으면 좋겠다고 진심으로 생각했다.

플래닛은 레즈비언들이 익명으로 게시 글을 올리고 채팅을 하는 커뮤니티로, 페페는 분류별로 나눠진 게시판 중에서도 '고민 상담' 게시판을 가장 좋아했다. 보통은 연애 상담이 주를 이뤘고, 이따금 가족이나 직장 동료에게 커밍아웃을 하려고 하는데 경험담을 나눠달라는 글이 올라왔다. 페페는 게시 글이나 댓글을 쓰진 않고 보기만 하는 편이었다. 페페가 게시 글을 올리는 곳은 '광고/홍보' 게시판이었다. 엘리제의 이벤트 소식들을 올렸다.

'고민 상담' 게시판의 '게시 글 작성' 버튼을 누르고 나서 한참 동안 페페는 하얀 화면을 멍하니 바라보기만 했다. 그러다 드디어 결심을 마치고 키보드를 두드리기 시작했다.

제목: 요즘 엘리제 어때?

내용: 진짜 오랜만에 가보려고 하는데, 요즘 분위기 어떤가 궁금해

서. 최근에 가본 사람 있으면 알려줘.

페페는 그 짧은 내용을 몇 번이나 되풀이해 읽었다. '작성 완료' 버튼을 누르고 나서는 곧바로 컴퓨터를 껐다.

다시 플래닛에 접속할 용기를 내기까지, 페페에게는 시간이 좀 필요했다. 페페는 게시글을 올린 지 사흘이 지나서야 플래닛에 접속했다. 댓글이 꽤 달려 있었다.

└예전하고는 좀 달라졌어. 가면 놀랄 듯. 커플들 스킨십 못 할 분위기랄까?

└새 메뉴들 다 맛있음. 근데 줄 서야 함.

마지막 댓글은 대댓글이 여럿 달려 있었다.

└엘리제는 이상한 게 맛인데 요즘은 그 맛이 사라짐. 난 그래서 안 가게 되더라고.

└└지금도 충분히 이상하지 않아? 난 헤테로들이 이렇게 이상한 거 좋아하는 줄 몰랐음. 우리만 좋아하는 줄 알았네.

└└└예전엔 그냥 이상한 엘리제였는데 지금은 이상한 걸 좋아하는 사람들이 좋아하는 엘리제가 됐더라고. 그래서 별로. 우리가 알던

엘리제가 아닌 거 같아.

ㄴㄴㄴㄴ맞아, 이젠 우리 엘리제는 아니더라.

　페페는 엘리제를 동굴이라고 표현했던 혜주의 말을 떠올렸다. 페페도 그 표현에 공감했었다. 하지만 그저 고개를 끄덕일 수 없었던 이유를 이제야 비로소 알 수 있었다. 혜주가 말하는 동굴은 언젠가 빠져나와야 할, 어쩔 수 없이 들어간 피난처를 표현한 것처럼 들렸다. 하지만 페페가 알고 있는 엘리제라는 동굴은 무언가로부터 달아나고 숨기 위한 곳이 아니었다. 그냥, 좋아서, 모여 있고 싶은 곳이었다.

ㄴㄴㄴㄴ엘리제가 다시 예전 같아지면 좋을까?

　페페가 대댓글을 남겼다. 얼마 지나지 않아 누군가가 '공감' 버튼을 눌렀다. 페페는 이제 망설일 필요가 없다는 걸 알았다. 다른 누군가가 '비공감' 버튼을 누른다고 해도, '공감'보다 '비공감'이 훨씬 많아진다고 해도 흔들리지 않을 자신이 있었다.

* * *

　스물아홉 살의 성희는 엘리제에서 이별을 겪었다. 크
리스마스이브였다. 엘리제는 크리스마스 이벤트로 베스트
드레서 콘테스트를 열었다. 우승 상품은 다이아몬드 커플
링 세트였다. 예상치 못한 고가의 상품이 등장하자 많은 손
님들이 승부욕을 불태우며 최선을 다한 복장으로 엘리제를
찾았다.

　성희도 그랬다. 성희는 인간 크리스마스트리가 되어 녹
색 원피스에 녹색 구두에 녹색 가발을 쓰고 야심 차게 준비
한 꼬마전구를 온몸에 휘감았다. 코트를 벗고 전원 버튼을
누르는 순간 우승은 분명 자신의 것이리라 생각했다. 그런
복장으로 이별을 통보받게 되어 자신뿐만이 아니라 그곳에
있던 수많은 사람들에게 두고두고 기억될 줄은 꿈에도 모
른 채. 심지어 잔인하게 이별을 고했던 성희의 전 연인마저
그날 너무나 예쁘게 반짝반짝 빛나던 꼬마전구들 때문에
자신의 잘못을 로맨틱한 추억으로 회상하게 될 줄 알았더
라면, 성희는 절대 그런 옷을 입지 않았을 것이다.

　하지만 그 사실을 알지 못했던 성희는 머리에 쓸 거대
한 별 모양 장식이 달린 머리띠까지 잊지 않고 챙겼고, 이

미 자신에게서 마음이 떠난 연인과 팔짱을 낀 채 엘리제에 들어서면서 의기양양한 미소를 띠고서 주변을 둘러보았다.

그곳은 둥글고 붉은 코를 붙이고 사슴뿔 머리띠를 한 사람, 빨간 원피스에 산타 모자를 쓰고 빨간 바구니에서 초콜릿을 꺼내 나눠 주는 사람, 크리스마스와는 딱히 상관이 없지만 멋지게 커플룩을 차려입은 사람, 핼러윈 때 입었던 옷을 다시 활용한 듯한 드라큘라 백작과 유령 신부, 사탄의 인형, 좀비들로 북적거리고 있었다. 성희는 그들 사이로 망설임 없이 들어갔다. 모두가 웃고 있었다.

* * *

"드디어 기다리던 메시지가 왔네요."

미카가 혜주에게 휴대전화를 보여주었다. 페페가 보낸 메시지는 한눈에 다 들어오지 않는 장문이었다. 처음 엘리제를 찾아왔던 날부터 아르바이트를 하게 된 이유, 엘리제에서 보낸 핼러윈, 크리스마스, 설날과 추석의 기억들……. 결론은 혜주가 예상했던 대로였다. 페페가 엘리제의 새로운 사장이 될 것이었다.

"예상보다 오래 걸렸네요. 절대 안 된다고, 당장 나설

줄 알았는데.”

“페페가 사실 머릿속이 복잡한 애예요. 보셔서 알죠?”

혜주는 고개를 끄덕였다. 인스타그램 계정을 삭제하고, 포털사이트에 폐업했으니 장소 등록을 삭제해달라는 메일을 보냈다. 생각보다 입소문이 많이 나서 잊히는 데에는 시간이 좀 걸릴 것 같았다. 그래도 몇 번 허탕을 친 사람들이 후기를 올리면 다들 다른 곳을 찾아가겠지. 저 사람들이 갈곳은 많으니까.

— 미션 완료!

혜주는 성희에게 메시지를 보냈다. 성희는 시차가 나는 곳에 있는 모양인지 곧바로 확인을 하지 않았다. 혜주는 성희의 유산으로 이 건물을 상속받게 된다면 미카에게 들었듯이 자신도 성희처럼 엘리제의 새 주인인 페페에게 ‘폐업은 절대 안 된다’는 조건을 걸어야겠다고 생각했다.

고요한 생활

수영은 혼자 산다. 그리고 자신의 집에 다른 사람을 들이지 않는다. 아무리 가까운 사이라 해도. 연인이든, 친구이든. 누구라도 그렇다. 가끔은 자기 자신조차도 그곳에 없었으면 좋겠다고 생각한다. 아무도 없는 집을 상상한다.

　　텅 빈 공간을 떠올리는 것은 아니다. 생활하는 이의 취향과 편의를 고려해 구성된, 타인의 눈에는 불필요해 보이는 것들도 착실하게 제자리를 차지하고 있는 곳. 그곳에서 방금 전까지만 해도 누군가가 일상을 보내다가 잠시 외출한 직후의 장면 같은 것을 떠올린다. 그곳의 고요를 상상하면 마음이 점점 편안해지고, 그 상태가 영원하기를 바란다.

　　상상 속 장면의 배경은 언제나 수영의 집이고, 수영은 혼자 살고, 자신의 집에 다른 사람은 들이지 않는다. 그러니 아무도 없는 집으로 영영 돌아오지 않는 사람은 당연히 수영 자신뿐이다.

　수영은 알람을 맞추지 않는다. 굳이 기상 시각을 정하지 않아도 눈을 뜨면 보통은 오전 11시, 늦잠을 자도 오후 1시를 넘기지 않은 때였다. 하루를 시작하기에 나쁘지 않은 시각이었다.

　중학생을 대상으로 하는 보습학원에서 국어 강사로 일하는 수영은 일주일에 세 번은 오후 3시, 두 번은 오후 5시에 출근한다. 낮밤이 바뀐 생활을 한 지도 10여 년이 되어서 이젠 신체 리듬도 그에 맞게 변했다. 학생들의 시험 기간엔 주말에 보충 수업을 하러 나가기도 했지만 무슨 일이 있어도 퇴근 시간이 고정되어 있어서 마음에 들었다. 학원법에 따라 모든 교습 시설은 밤 10시 전에 문을 닫아야 했으므로. 뻔히 알면서도 무리한 요구를 하는 원장이나 학부모를 만날 때면, 수영은 그 법령을 정확하게 읊어주곤 했다. 가끔씩 좋아하는 노랫말이라도 되는 것처럼 콧노래로 가락을 붙여 흥얼거릴 때도 있었다.

　오후 5시에 출근하는 수요일. 평소처럼 오전 11시쯤 눈을 뜬 수영은 느긋하게 샤워를 하고, 전날 미리 사두었던 버섯두부샐러드를 먹었다. 이로써 새로 생긴 샐러드 가게의 모든 메뉴를 섭렵했다. 맛과 양, 가격이 모두 만족스러웠다. 포장할 유리 용기를 가져가면 반가워한다는 점도 마음에 들었다. 수영은 버섯두부샐러드를 깨끗하게 비운 유리 용기를 설거지한 뒤 곧바로 소창행주로 물기를 닦았다. 퇴근길에 또 샐러드를 포장해 올 생각이었다. 유리 용기도, 젓가락도, 행주도 수영이 가진 것은 꼭 하나씩이었기 때문에 식사가 끝난 뒤에는 늘 부지런히 움직여야만 했다.

수요일에는 항상 파란 옷을 입었기에 옷장에서 파란 셔츠와 청바지를 꺼냈다. 계절에 맞춰 요일별로 입는 옷이 정해져 있어서 외출 준비에는 긴 시간이 필요하지 않았다. 수영이 살고 있는 풀 옵션 원룸에서 걸어서 30분 거리고, 근무한 지 2년이 다 되어가는 미래보습학원에는 아무런 불만이 없지만 수영은 원룸의 월세 계약이 끝나는 시기에 맞춰 퇴직 의사를 밝혀두었다. 이제 몇 달 남지 않았다. 수영은 실력 있는 강사였고, 수영이 전임 강사를 맡은 뒤로 성적이 올랐다는 학원생들이 많아 원장은 연봉을 올려준다느니, 부원장 자리를 준다느니 하며 퇴직을 만류했지만 수영은 뜻을 굽히지 않았다. 이제야 마음에 드는 샐러드 가게가 생긴 게 좀 아쉽기는 하지만, 어쩔 수 없지. 수영은 집을 나서기 전, 현관에서 신발을 다 신고서 이제 문을 열기만 하면 되는 순간에 한 번씩 뒤를 돌아보곤 했다. 처음 계약했을 때와 별로 달라진 것이 없는 풍경의 방 한 칸이 눈에 들어오면 안심이 됐다.

그날 수영은 퇴근길에 구운채소샐러드를 샀다. 기름을 두르지 않고 오븐에 구운 가지, 토마토, 옥수수, 아스파라거스가 먹음직스러워 보였다. 침대 헤드에 기대앉아 유튜브 추천 영상들을 자동 재생 하다가 어릴 때 즐겨 보았던 만화영화를 첫 화부터 마지막 화까지 보는 바람에 평소보다 늦게 잠자리에 들었다. 불을 끄고 누운 뒤에도 만화영화 주제가가 머릿속을 떠나질 않아서 한참이나 뒤척였다. 그 때문인지 어린 시절의 꿈을 꾸었다.

꿈속의 수영은 열 살이다. 어느 날 열 살의 수영에게 보라색 편지 봉투가 도착한다. 수영이 태어나기 전부터 수영의 옆집에 살았던, 수영의 엄마가 언니라고 불렀기 때문에 자연스럽게 수영에게는 이모가 된, 이제는 먼 곳으로 이사 간 성희 이모로부터.

"우린 헤어지는 게 아니야. 언제나 연결되어 있을 거야."

가까운 사람과의 첫 번째 이별 앞에서 제대로 된 인사를 건네는 법을 알지 못하는 열 살짜리에게 했던 그 말이 그저 울음을 달래기 위한 빈말이 아니라는 것을 증명이라도 하듯이 이모의 편지는 끊어지지 않았고, 수영의 유년기를 빛내주는 기억들로 이끌었다.

사랑하는 나의 조카, 수영에게. 잘 지내고 있니? 이제 곧 여름이다. 올여름은 유독 열대야가 심하다고 하니 더위를 많이 타는 네가 걱정이 된다. 틈틈이 물을 많이 마시렴. 미션. 다가오는 수요일 늦은 밤, 사자자리 유성우를 관찰할 것. 떨어지는 별의 개수를 세어볼 것. 혼자서는 위험하니 엄마에게 불빛이 없는 곳으로 같이 가자고 해보렴.

어느 순간부터 편지에 적혀 있던 미션들. 첫 번째 미션을 엄마에게 보여주었을 때, 아무 말 없이 한참 동안 편지를 들여다보던 엄마의 얼굴을 수영은 기억한다. 서른이 넘어서도 꿈속에 생생하게 그려낼 수 있을 만큼 또렷하다. 보온병에 따뜻한 코코아를 담아서, 두꺼운 담요를 하나씩 챙겨 들고, 엄마와 함께 어느 공터로 향했던 밤도. 그 밤에 쏟아지던 별들도. 예전에도 밤새워 유성우를 기다린 적이 있는데 날짜를 착각해서 허탕을 치고 감기만 된통 걸렸다는 엄마의 이야기도. 그때 같이 감기를 앓았다는 친구들 중에 성희 이모가 있었을까, 궁금했지만 어쩐지 묻지 못했던 것도.

어쩌면 이모의 편지는 수영이 아니라 엄마에게 보내는 것이 아니었을까. 어른들은 곧잘 아이들을 핑계 삼곤 하니까. 다툰 다음 날 "배고프지? 아침 먹을래?" 머쓱한 첫 마디를 항상 수영을 통해 전하던 부모처럼. 그래서 수영은 미션 수행을 알리는 답장에 꼭 엄마의 안부를 함께 적었다. 어린 수영은 이모가 자신을 만나러 오지 않고 편지만 보내는 것은 분명 엄마와 이모 사이에 무슨 일이 있기 때문일 거라 생각했고, 시간이 지나 두 사람의 마음이 풀리면 다시 예전처럼 함께 만날 수 있을 거라고 여겼다. 보내는 사람의 주소도 받는 사람의 주소도 없이 우편함에 꽂아 두는 것만으로는 편지가 오갈 수 없다는 걸 나중에야 알게 되었고, 알고 난 뒤로는 보라색 편지 봉투를 뜯지 않고 서랍 깊숙한 곳에 차곡차곡 넣어두었다.

하지만 꿈속의 수영은 아직 이모의 편지를 설레며 기다리고, 어떤 미션이 적혀 있을까 기대하며 봉투를 뜯는다.

그런 꿈을 꿨기 때문일까. 아니면 잠결에 메시지를 확인하고 무의식이 꿈을 불러온 걸까. 수영은 성희가 보낸 문자메시지를 들여다본다. 자음과 모음이 결합하지 않은 채로 마구 흩어져 있는 데다 군데군데 숫자도 섞여 있어 도무지 무슨 말인지 알 수가 없다. 휴대전화를 항상 바지 뒷주머니에 넣고 다니는 성희의 엉덩이가 보낸 것일까.

성희에게 전화를 걸어봤지만 전원이 꺼져 있다는 안내 멘트만 들려왔다. 문자메시지의 발신 시각은 새벽 4시. 그 덕분인지 수영은 아침 8시에 눈을 뜬 참이었다. 혹시 이거 다잉 메시지는 아니겠지? 수영은 투덜거리며 한참 이렇게 저렇게 조합을 해보다가 멀지 않은 곳에 있는 신축 아파트의 이름과 호수, 비밀번호라는 것을 알아냈다. 그리고 도무지 정체를 알 수 없는 단어도 있었다. 빨간 풍선.

수영이 흔히 보아온 아파트들과는 달리 장미 넝쿨이 감긴 높은 펜스가 쳐져 있어 단지 안쪽이 보이지 않았다. 정문에서 한 번, 건물 입구에서 한 번, 엘리베이터 안에서 한 번 비밀번호를 입력해야 했다. 보안이 철저하구만. 수영은 감탄했다. 호수를 보고 알고는 있었지만 성희의 집은 꽤 고층이었고, 엘리베이터는 어떤 진동도 느껴지지 않을 만큼 아주 조용하고 빠르게 움직였다. 문도 부드럽게 열렸다.

어린 시절 연락이 끊겼다가 다시 만난 성희는 무슨 일을 하는지는 몰라도 경제적으로 꽤 여유로운 것처럼 보였다. 하지만 생각보다도 훨씬 더 부자였던 모양이었다. 마치 고급 호텔처럼 카펫이 깔린 복도는 발소리가 울리지 않았다.

마지막으로 비밀번호를 누르고 현관문을 열자 전실이 나왔다. 뜯지 않은 택배 상자들이 수영의 키만큼 쌓여 있었다. 이게 다 뭐야? 수영은 택배 송장에서 사료, 모래, 패드 같은 단어들을 읽었다. 고양이를 키우나? 급하게 집을 비우면서 고양이를 좀 봐달라는 거였나?

아니, 오후에 일한다고 오전엔 무조건 한가한 줄 아나? 평일에 뭐 시키기에 만만한 사람이 나야? 내가 무슨 비상대기조야? 수영은 투덜거리면서 드디어 현관에 섰고 센서등이 반짝 켜졌다. 혹시 안쪽에서 달려 나오는 기척이 있는 건 아닐까 긴장을 했는데 시간이 지나도 잠잠했다. 신발을 벗고 집 안으로 들어섰을 때, 저쪽에서 무언가가 움직이는 것이 보였다.

빨간 풍선.

둥실둥실 떠 있는 빨간 풍선.

그리고 풍선에 묶인 줄의 반대쪽 끝에는 풍선처럼 동그란 등껍질을 가진 거북이 있었다.

공교롭게도 수업 시간에 다뤄야 하는 글이 〈구지가〉였다. 고전문학 파트를 가르칠 때 수영의 교습법은 간단했다. 고전문학은 고전적으로. 서당에서 천자문을 익히던 방식으로. 무조건 통째로 외워라. 이해하려 하지 말고, 그냥 싹 다.

덕분에 미래보습학원 2-A 강의실에 앉은 열 명의 학생들은 한 사람씩 돌아가며 〈구지가〉의 원문과 현대어 번역을 한 문장씩 수없이 낭독해야 했다.

"귀하귀하."

"거북아, 거북아."

"수기현야."

"머리를 내놓아라."

"약불현야."

"내놓지 않으면."

"번작이끽야."

"구워 먹으리."

낭독은 수영이 불시에 지목한 학생이 전문을 암송하는 것은 물론 수영이 최근의 기출문제를 기반으로 출제하는 주관식 문제에 정답을 말해야만 끝이 날 예정이었다.

"으으, 거북이를 왜 구워 먹어?"

"먹을 게 그렇게 없었나?"

"머리도 어차피 구워 먹으려고 달라는 거 아냐?"

"이래도 먹히고 저래도 먹히고 너무하네 진짜."

소곤소곤 소감을 덧붙이는 학생들 사이로 수영이 스윽, 들고 있던 야구방망이를 들이밀었다. 바람을 넣은 비닐 야구방망이에는 《훈민정음》 서문이 빽빽하게 적혀 있었다. 학원 내에서 수영이 항상 들고 다니는 트레이드마크였다.

"다 외웠으니까 딴생각이 드는 거겠지? 의도, 대상, 의미, 태도?"

"주술적! 신령! 집단성! 직설적!"

교실 안의 아이들이 한목소리로 외치는 단어들에 수영은 흐뭇한 미소를 지었다. 사실 학생들이 하는 말은 수영의 속마음과도 다르지 않았다. 하필 오늘 새롭게 알게 된 한 거북의 얼굴이 생생하게 떠올라서 더욱 〈구지가〉의 내용이 못마땅했다. 진짜 거북을 눈앞에 두고 부른 노래가 아니란 걸 알지만, 그저 사람의 욕심을 들어줄 대상이라면 뭐든 좋았으리라는 것도 알지만. 그래도 거북이 무슨 죄를 지었다고 북을 치고 노래를 부르며 괴롭히나. 듣기가 영 거북했다.

하지만 강의실에 있는 학생들이 다니는 중학교의 최근 3년간 기출문제를 분석한 결과 〈구지가〉는 반드시 출제되는 필수 지문이었다. 자다가도 누가 쿡 찌르면 바로 튀어나

올 수 있도록 교과서적인 해석을 달달 외우게 할 셈이었다.

"좋아, 통과. 그럼 진하부터 다시 시작해라."

"저기, 국어 쌤. 저 뭐 하나만 여쭤봐도 되나요?"

진하는 이번 주에 새롭게 등록한 신규 학원생이었다. 수영이 허락의 뜻으로 고개를 끄덕이자 조심스럽게 입을 열었다.

"쌤, 진짜로 야구 선수였어요?"

마흔여섯 살. 전직 야구 선수. 중요한 대회를 앞두고 불의의 사고로 부상을 입어 선수 생활을 접은 비운의 소유자. 병원 입원 중에 책을 읽다 보니 점점 공부가 좋아졌고, 마침 운명처럼 이름도 성은 국이요, 이름은 어. 그래서 국어 공부를 특히 열심히 한 끝에 국어 선생님이 되었다. 제일 좋아하는 것은 국어 시험에서 100점을 맞는 학생. 100점이 아니더라도 싫어하진 않지만 수업 시간에 떠드는 건 용서할 수 없다. 강의 경력은 20년. 존경하는 인물은 세종대왕. 항상 들고 다니는 비닐 야구방망이는 선수 생활을 했던 팀을 떠날 때 동료들이 새 인생의 시작을 축하한다며 선물해 준 소중한 물건.

미래보습학원에서 첫 수업을 하던 날, 수영이 만든 캐릭터 '1번 타자 출신 1타 강사'는 학생들의 흥미를 끌었다.

딱 하루 동안만. 새로운 강사의 등장에 호기심 어린 질문을 쏟아내던 아이들은 얼마 지나지 않아 수영이 자신들을 진심으로 상대해줄 생각이 없다는 걸 눈치챘다. 막힘없이 이어지는 성은 국, 이름은 어 선생님의 과거사를 진실로 믿어주기엔 중학생들의 눈썰미가 그리 허술하진 않았다. 그저 비닐 야구방망이를 들고 타격 자세까지 선보이는 노력이 가상해서 적당히 어울려주기로 타협한 것 같았다.

"국어 쌤, 야구 선수 맞아. 스윙 장난 아냐."

진하 옆자리의 경민이 호들갑스럽게 말했다. 진하는 여전히 의심스럽다는 눈빛으로 수영을 바라보았다. 그도 그럴 것이, 수영은 키는 제법 컸지만 근육이라고는 없는 마른 몸에 제 나이인 30대 초반의 인상을 갖고 있었다.

"자, 호기심 해결됐으면 얼른 읽어라."

수영이 비닐 야구방망이를 자기 허벅지에 대고 탕탕, 두드리자 거북을 향한 잔혹한 노래가 다시 시작되었다.

"귀하귀하."

캐릭터를 만드는 건 수영이 터득한 노하우 중 하나였다. 언제나 학교보다 빠르게 진도를 나가고 시험 범위에 맞춰 수차례 반복 학습을 시키며 성적 향상을 도모해야 하는 보습학원 강사에겐 낭비할 시간이 없었다. 어떻게든 수업이 아닌 것으로 시간을 때워보려는 학생들의 조잘대는 입을 효과적으로 막을 방법이 필요했다. 제일 친하다고 믿었던 친구가 자기만 빼고 생일 파티를 열었다는 사실을 알았다거나, 사귄 지 얼마 안 된 여자친구에게 갑작스러운 이별 통보를 받았다거나 하는 이야기를 꺼내지 못하도록. 그런 이야기가 쌓여서 만들어지는 정서적 유대 관계를 애초에 만들지 않기 위해서는 대화를 차단하기보다 오히려 과하게 쏟아붓는 쪽이 더 성공적이라는 걸 경험을 통해 알았던 것이다. 수영의 강의실은 진짜 이야기를 하지 않는 공간이라는 암묵적인 합의. 그런 노력에도 불구하고 시간이 지나면 정이라는 것이 들게 마련이었고, 그래서 수영은 주기적으로 학원을 옮기곤 했다. 그때마다 학원에서 적당히 떨어진 곳으로 이사를 하면서.

성희에게서 연락이 온 것은 일주일이 지난 뒤였다.
"수영아, 내 메시지 받았지?"
연락이 닿기만 하면 짜증을 잔뜩 낼 생각이었는데 성희의 목소리가 너무나 힘이 없어서 수영은 그저 괜찮으냐고 물을 수밖에 없었다. 성희가 애써 씩씩한 목소리로 아무 문제 없다고 대답했다.

"수영아, 너 이모가 보내던 미션 편지 기억해?"

"뜬금없이 그게 무슨 소리야."

"너에게 마지막 미션을 주려고 해."

"싫어. 내가 그거 그만둔 지가 언젠데."

"이 마지막 미션을 수행하면 너는 나의 유산을 받게 될 거……"

"됐고. 지금 어딘데?"

"미션을 수행하시겠습니까?"

"이모, 미션이고 뭐고 만나서 얘기해. 지금 어딘지 말 안 하면 나 그 거북이 바다로 보내버릴 거야."

"안 돼, 수영아. 걔 수영 못 해."

"나도 알아."

지난 일주일 동안 수영은 매일 성희의 집에 가서 거북을 돌봤다. 거북의 종류가 설가타거북이라는 것, 야생에서는 건조한 초원 지대나 사막에서 산다는 것, 수명은 50년 이상이고 크기도 1미터 가까이 자란다는 것을 인터넷 검색을 통해 알았다. 국제 멸종위기종으로 환경청에 사육 시설 등록을 하고 허가증을 받아야만 키울 수 있다는 것도. 수영은 쌓여 있던 택배 상자에서 나무판자와 모래를 찾아 거북을 위한 공간을 마련해주었다. 사료를 먹이기도 하지만 신선한 채소를 더 좋아한다고 해서 입맛이 잘 맞는 친구처럼 나란히 앉아 양상추를 씹었다. 아삭아삭 소리를 내며 오물거리는 입이 조금 귀엽다고 생각했다.

사막에 사는 설가타거북은 안전한 은신처를 만들기 위해 모래를 파헤치는 습성이 있다고 했다. 고층 아파트 거실에 놓인 나무 사육장 안에서도 거북은 부지런히 모래를 파서 작은 구덩이를 만들었다.

수영은 사막에 가본 적이 없다. 하지만 사막에 가본 것만 같다. 한 번도 아니고 여러 번. 어쩌면 그곳에서 살았던 것도 같고, 그곳에서 죽었던 것 같기도 하다. 사방에 펼쳐진 똑같은 풍경과 파도처럼 넘실대는 모래들의 움직임, 태양과 바람, 어둠과 추위에 대해. 멀미가 날 정도의 고요와 그 고요 속에 감춰진 믿을 수 없을 정도로 소란스러운 공기에 대해. 너무나 잘 안다고 생각한다.

그건 아무도 없는 집에서 느낄 수 있는 것들이기도 하니까. 아무도 없어야 하는 집에 어쩔 수 없이 남아버린 누군가가 느끼는 것들이니까. 끝도 없는 갈증과 허기와 고독과 그 모든 것을 압도하는 절대적인 두려움. 그리고 그 두려움에 서서히 무뎌지도록 흘러가는 시간까지.

수영은 열두 살에 한 달, 열네 살에 석 달, 열일곱 살에 반년 동안 집에 혼자 남았다. 경기도 외곽의 작은 아파트였다. 지은 지 30년이 다 된 22평 복도식 아파트. 거실과 안방은 남향이었지만 수영이 쓰던 작은 방은 복도 쪽으로 창이 난 북향이었다. 겨울이면 난방을 아무리 해도 코끝이 시릴 정도로 추웠다. 두꺼운 이불을 덮어도 온기가 돌지 않았고, 자다가 차가운 발이 제 종아리에 닿는 선뜩한 감각에 깨는 일이 잦았다. 하지만 혼자 남았을 때에도 수영은 계속 그 방에서만 잠을 잤다. 복도를 울리는 발소리를 기다리면서.

그 방을 좋아하지도 싫어하지도 않았다. 누렇게 빛바랜 벽지와 비닐 장판, 책상과 의자, 침대, 옷장, 서랍장, 벽에 걸린 거울과 시계…… 그 방과 그 방의 모든 물건은 오직 수영을 위한 것이었다. 수영의 부모는 수영이 태어나던 해에 그 아파트를 구매했고, 수영은 외동이었으므로. 거긴 언제나, 당연히, 그냥 수영의 방이었다.

그 방 곳곳에는 수영의 시간이 녹아 있었다. 가령 문틀의 어느 부분에는 수영이 여섯 살 때 이로 갉았던 흔적이 있다. 도대체 왜 그랬는지는 기억나지 않았다. 아마 별 이유가 있지도 않았을 것이다. 그냥 한번 갉아볼까? 되나? 그런 생각으로 입을 벌리고 다가갔던 것 같다. 비슷한 방식으로 만들어진 방의 세세한 모양들에 대해 수영은 그 기원을 모두 알고 있었다. 천장의 정사각 조명이 살짝 비뚤게 고정되어 있는 것은 의자에 올라 까치발을 해도 버거웠기 때문이다. 침대 왼쪽 모서리 아래의 장판이 조금 찢어진 것은 창가 벽에 붙어 있던 침대를 다른 벽 쪽으로 밀다가, 서랍장 세 번째 칸이 가끔 저절로 열리곤 하는 것은 자리에서 일어나다가 무심코 무게를 실어 짚었기 때문에. 수영은 너무나 잘 알았고, 그래서 대부분 잊고 지냈다.

그 방뿐만이 아니라 그 집의 모든 것이 그랬다. 온수를 틀었다가 그대로 잠그면 물이 한 방울씩 똑똑 새기 때문에 냉수 쪽으로 틀어서 눌러야만 완전히 잠기는 수도꼭지. 왼쪽으로 열면 아귀가 맞지 않는 베란다 새시. 냉장실 문을 닫을 때마다 냉동실 문이 열리는 냉장고. 의식하지 않고 지냈던 생활의 습관들이 부비트랩처럼 사방에 깔려 있는 집. 그곳에서의 매 순간 수영은 혼자 남겨졌다는 사실을 인식할 수밖에 없었다.

그렇게 한 달이, 석 달이 지나면 수영의 부모는 돌아왔다. 세 번째로 수영을 혼자 남겨두었던 열일곱 살 때에는 이번엔 정말 돌아오지 않을 수도 있다고 생각했지만 어쨌든 다시 돌아왔다. 그 집으로.

그 집을 진짜로 버린 건 수영이었다. 집을 나온 것도 떠난 것도 아니고, 확실하게, 버렸다. 뒤돌아보지 않았다.

　"내가 너무했네."
　정확히는 몰라도 고급 자재를 쓴 것이 분명한 건축물이 잘 가꿔진 정원을 울타리 삼아 두르고 있었다. 성희는 다른 사람의 도움 없이 휠체어를 타고 수영을 마중 나왔다. 성희에게 남은 시간이 얼마 없고 병원에 있다는 말에 흐릿한 상상들만 했던 수영은 진심으로 반성했다. 함부로 이모를 환자로 그렸던 것에 대해서. 성희는 그런 캐릭터가 아니라는 걸 알면서도.
　성희가 머문다는 1인실도 역시나 수영의 상상과는 달랐다. 주렁주렁 매달린 링거병도, 규칙적이거나 불규칙적인 소리를 내는 기계장치들도, 주기적으로 찾아오는 의사나 간호사도, 약도 치료도 없었다. 병실이라기보다는 호텔 객실 같았다. 정원 쪽으로 큰 창이 있고, 그 앞에 안마 의자가 있었다. 성희는 대부분의 시간을 그곳에서 보낸다고 했다. 책을 읽고 싶지만 힘이 없어서 대신 오디오북을 듣거나 이미 보았던 영화를 다시 보기도 하면서.
　"집에 있는 게 더 편하지 않아?"

"여기가 나아. 여긴 내가 어떤 마지막을 선택했는지 아는 사람들이 있으니까."

설립할 때 성희가 투자했다는 호스피스 병원은 언제든 법적 효력이 있는 유언장을 작성하거나 수정할 수 있도록 법률 서비스를 제공하는 게 가장 큰 특징이라고 했다.

"온 김에 서명하고 가. 네가 마지막 미션을 수행하면 유산을 받는 걸로 유언장 써놨어."

"유산 같은 거 필요 없어. 이모 다른 조카들도 있잖아. 걔들 주면 되잖아."

"이미 다들 하나씩 받았어. 이제 너만 남았어."

"난 중도 포기자야."

"지금까지 빼먹은 미션들 다 소급 적용 해줄게."

"뭐래."

수영은 성희와 유언장이니, 유산이니 하는 말을 하고 싶지 않았다. 그냥 부자 이모의 휴가에 따라온 철없는 조카 캐릭터를 맡고 싶었다.

"거북은 언제부터 키운 거야?"

"너한테 문자메시지 보내기 며칠 전에 데려왔어."

"어디서?"

"하와이."

"뭐?"

"하와이를 갔다가 바닷가에서 우연히 만나서 손잡고 비행기 타고 같이 왔지."

"이모, 설가타거북은 바닷가에 안 살거든?"

안 속네, 하고 성희가 소리 내어 웃었다. 수영도 실없이 따라 웃었다.

"하와이에 갔던 건 맞아. 거기 검은 모래 해변이라는 곳이 있거든. 거기서 커다란 거북을 처음 봤어. 그리고 사랑에 빠진 거지."

성희는 거북 사육에 대한 정보를 얻기 위해 온라인 동호회에 가입했다. 게시판에서 회원들의 지식이 축적된 글들을 정독하다가 자신이 거북을 키우기에 매우 적합한 사람이면서 동시에 절대로 키워선 안 되는 사람이라는 걸 알았다. 다른 모든 생명과 마찬가지로 거북을 키우는 데에도 막중한 책임이 따랐다. 특히나 긴 거북의 삶을 부양하기 위해서는 책임감을 갖고 제공하는 지속적인 돈과 시간이 필요했다. 성희에겐 돈이 있었지만, 시간은 없었다.

"그래서 그냥 다른 사람이 올리는 사진이나 영상 같은 것만 구경하고 있었는데 글쎄, 거북도 유기 거북이 있는 거야. 어린이 동물 체험 카페인가를 하겠다고 각종 보호종들을 모아놓고는 관리가 까다롭다고 어느 초등학교 운동장에 풀어두고 사라졌대. 교육용으로 기증한 거라나 뭐라나 헛소리를 하면서."

"하여간 사람이 제일 나빠."

돈으로 혹시 시간도 살 수 있지 않을까. 돈으로 자신의 삶에 시간을 더하진 못했지만, 거북이 한 마리가 행복하게 살아갈 시간은 마련해줄 수 있지 않을까. 고향으로 돌려보내줄까 싶기도 했지만 사람에게 사육되기 위해 알에서 부화하자마자 비행기를 타야 했던 거북을 야생으로 보내는 것도 무책임하게 느껴졌다. 이렇게 된 거 도시의 거북 중에 가장 행복한 거북이 되게 해줄게, 다짐하며 필요한 물품들을 주문해두었는데 그만 몸 상태가 나빠져 구급차를 불러야 할 상황이 되고 만 것이다.

"그때 네 생각이 나는 거야. 네가 적임자라는 걸 깨달은 거지."

성희가 수영의 손을 잡았다. 그 손이 무척 따뜻하다고, 수영은 생각했다. 꼭 그날처럼, 따뜻하다고.

부모와 함께 살던 집을 버릴 때 가지고 나온 몇 가지 단출한 물건들 사이에 어쩌다 성희의 편지가 끼어 있었는지,

그것도 뜯지 않은 수많은 편지 중에서 하필이면 성희의 이메일 주소가 적힌 편지였는지, 수영은 항상 신기했다. 수영에게서 답장이 오지 않은 뒤로 성희가 수십 통의 편지를 같은 내용으로 보내고 있었다는 건 나중에 들었다. 뒤늦게 수영에게 일어난 일들을 알고 후회하며 수영의 부모를 찾아가 수영이 집을 버리게 된다면 절대 붙잡지 말라는 경고와 함께 자신의 편지를 하나만이라도 가지고 나갈 수 있게 도와달라고 부탁했던 것은 알지 못했다.

수영이 처음 구한 집은 대학가의 여성 전용 하숙집이었다. 낡은 침대와 옷장이 있는 방 한 칸이 개인 공간이었고 주방과 거실, 화장실은 하숙생들이 같이 쓰는 공용 공간이었다. 식탁 한쪽에는 항상 삶은 달걀이 한 바구니씩 놓여 있었다. '아무나 먹어도 됨'이라는 쪽지가 붙은 간식들도 자주 올라왔다. 그래서 수영은 그곳이 좋았다.

매일 밤마다 문단속을 하고 일주일에 두 번 화장실 청소를 하는 조건으로 하숙비를 깎았다. 항상 새벽 서너 시쯤이 되면 술에 취해 단내를 풍기는 하숙생들이 수영에게 문을 열어달라며 메시지를 보냈다. 자다 깨고 자다 깨고 하다가 밤을 새우는 것이 익숙해졌다.

돈을 열심히 모았다. 일을 해 돈을 벌고 되도록 쓰지 않으면서. 단순하게. 10년 가까이 되었을 때 투룸 빌라에 첫 전세를 얻을 수 있었다.

마음에 꼭 드는 것들로만 집을 채우고 싶었다. 침대를 살 때까지 한 달 가까이 맨바닥에 겨울 외투를 깔고 잠을 잤다. 조명을 바꾸고, 주방 타일을 새로 붙였다. 커튼을 주문 제작 했다. 티스푼 하나, 수건 한 장 허투루 사지 않았다. 봄에 이사를 해서 여름, 가을, 겨울이 지나는 동안 집은 점점 아늑해졌다. 큼직한 가전과 가구의 배치부터 문고리 하나까지 수영의 손길이 닿지 않은 곳이 없었다. 그렇게 다시 봄이 찾아온 어느 토요일 아침, 잠에서 깬 수영은 집 안을 천천히 둘러본 뒤 밖으로 나왔다. 그리고 그 집을 버렸다. 그곳에 고인 생활의 냄새가 너무 익숙해서, 견딜 수 가 없었다.

[이모, 나 수영이야. 나 좀 도와줘.]

성희에게 이메일을 보내자 기다리고 있었다는 듯이 곧바로 답장이 돌아왔다. 수영은 성희를 다시 만난 날 했던 말들이 잘 기억나지 않는다. 한참을 울면서 쏟아낸 말들은 수영이 입을 벌려 뱉은 것이 아니라 저절로 몸 밖으로 튀어

나온 것만 같았으니까. 또렷한 것은 단 한마디. 스스로조차 알지 못했던 자신의 속마음이었다.

"무서워."

내 안의 어떤 것이, 내가 태어난 순간부터 가지고 있는 어떤 기질이, 나를 이루는 가장 근본적인 것일까 봐. 그래서 어떻게 해도 피할 수가 없을까 봐. 이미 다 결정되어 있을까 봐. 버릴 수도 달아날 수도 없는, 나 그 자체일지도 모른다는 생각. 그리고 그 생각에서 벗어나지 못하는 내가,

"너무 무서워."

"아니야, 수영아. 넌 그냥 너야. 너대로 사는 거야."

성희는 수영의 부모에게서 일찍부터 불안한 낌새를 느꼈다. 그건 선천적인 기질 같은 것이 아니라 어른으로서 성숙하지 못한 존재들의 무책임이었다. 가까이하고 싶지 않은 유형의 사람들이었지만 그들에게 아이가 있었다. 성희는 그 아이가 자꾸만 눈에 밟혔다. 하지만 어떻게 해야 할지 방법을 몰랐다. 성희도 여러모로 미숙했던 때였다. 사이좋은 이웃으로 지내면서 상황을 살피다가 이사를 가게 되자 수영의 상태를 정기적으로 확인할 방법이 필요했다. 고민 끝에 떠올린 것이 미션 편지였다. 수영에게 미션을 주고 보상으로 선물을 전달한다는 핑계를 댔는데, 눈치를 챈 것

인지 수영의 부모가 수영을 직접 만나지는 못하게 했다.

"넌 네 방식대로 사는 거야. 네가 정하는 거야."

수영이 스스로의 마음에 받아들일 수 있도록, 몇 번이나 지치지 않고 말해주었던 성희의 손. 그 손의 낯설고, 그리운, 온기.

마지막 미션, 거북을 부탁해.

처음으로 편지 봉투 겉면에 적힌 미션. 봉투 안에 든 것이 편지가 아니라 성희의 유언장이라는 사실에 수영은 얼른 익숙해지고 싶었다. 가끔은 잊을 수 있도록.

성희의 집에 있던 세 개의 방 중 하나를 거북에게 주기로 했다. 욕실이 딸린 안방이었다. 문을 떼어내고 문턱을 높여 방 안 가득 깨끗한 모래를 부었다. 사막의 기후와 비슷하게 느껴지도록 실내 온도와 습도를 세심하게 조절했다. 수영과 거북은 다행히 식성이 비슷해서 굳이 전용 냉장고를 따로 둘 필요는 없었다. 식사를 하고 나면 따끈한 물수건으로 거북의 등껍질을 닦아주었다. 거북이 파둔 모래 구덩이에 슬쩍슬쩍 손을 넣어보다가 어느 날은 수영도 모래 구덩이를 파봤다. 모래는 찰기가 없어서 자꾸만 구덩이 안으로 우수수 흘러내렸다. 거북의 노하우를 배워보려 했지만 쉽지 않았다.

수영은 거북을 돌보느라 새로운 캐릭터를 만들 기력이 없다는 핑계로 미래보습학원을 계속 다녔다. 성희가 준 돈이 많았지만 거북에게만 쓰려고 마음먹었기 때문에 자신을 위한 돈을 벌어야 했다. 부원장 직함을 달고 연봉도 올렸다. 신규 학원생이 등록할 때마다 보너스도 받기로 했다. 한 가지 걱정스러운 점은 강의를 하다가 불쑥불쑥 학생들에게 거북에 대해 이야기하고 싶은 순간들이 생긴다는 것이었다. 학생들이 집에서 함께 사는 강아지나 고양이나 햄스터나 앵무새에 대해, 이구아나와 금붕어에 대해 이야기할 때마다 사실 수영도 잘 아는 거북이 있다고 말하고 싶어졌다. 그건 수영의 캐릭터에 어울리지 않는 일이었다.

"캐릭터를 바꿀 때가 된 걸까? 뭐라고 해야 거북 얘기가 자연스러울까?"

"굳이 새로 만들 필요 있어? 업그레이드해. 거북이랑 같이 사는 1번 타자 출신 1타 강사로."

성희의 말에 수영이 고개를 끄덕였다.

성희는 1인실 침대의 머리맡에 작은 사막에서 수영과

거북이 함께 찍은 사진을 담은 액자를 놓아두었다. 기나긴 미션을 수행하고 있는 둘의 모습. 거북에게 빨간 풍선을 매어주던 날, 성희는 거북에게도 미션을 주었다. 수영이를 부탁해. 오래오래 같이 살아줘. 변함없이, 고요하게.

둘 둘 셋

지애의 카페는 수도권 근교의 전원주택 단지 안에 있다. 중앙의 공원을 기준으로 동서남북으로 구역이 나누어진 단지의 동쪽과 남쪽엔 똑같은 지붕을 가진 타운하우스들이 있고, 서쪽과 북쪽엔 제각기 지어진 주택과 작은 상점들이 섞여 있다. 지애의 카페가 있는 곳도 서쪽 구역이었다. 1층과 마당은 카페로, 2층은 지애가 생활하는 공간으로 썼다. 영업 시간은 매일 오후 1시부터 저녁 7시까지. 일주일에 이틀, 월요일과 목요일에 쉬었다.

전원주택 단지엔 어린 자녀를 둔 부부들이 많이 살아서 주말이면 지애의 카페로 향하는 유아차들이 제법 있었다. 지애는 마당 한쪽에 유아차를 주차할 수 있는 구역을 만들고 기저귀를 갈 수 있는 공간과 깨끗한 손수건도 준비해두었다. 주말의 카페에는 하루 종일 자장가 소리가 들렸다. 사랑하는 존재의 곤한 잠을 바라는 노래가. 계속 그 노래를 들어서일까, 지애는 주말 밤엔 언제나 깊은 잠을 잤다.

평일 낮에는 근처 초등학교를 다니는 어린이 손님들이 지애의 카페를 찾았다. 학교에서 미처 끝내지 못한 이야기가 남은 친구들이 각자의 집으로 흩어지기 전에 머리를 맞대고 다정한 시간을 보내다 가곤 했다. 지애는 어린이 손님이 오면 너무 티가 나지 않게 나무로 만든 발 받침대를 의자 곁에 가져다 두었다. 인기 메뉴는 메이플시럽을 넣은 디카페인 카페라테와 지애가 직접 키운 애플민트를 넣은 민트에이드였다. 어린이 손님 중에는 확고한 음료 취향을 가진 손님들이 많았는데, "시럽을 반 스푼만 더 추가해주세요"라거나 "얼음은 갈지 말고 통으로 넣어주세요"라는 주문이 들어오면 지애는 정중하게 "네, 그렇게 준비해드리겠습니다" 하고 말했다.

혼자 카페를 찾는 어린이 손님도 몇 명 있었다. 창가 자리에서 책을 읽거나 멍하니 창밖을 바라보다 가는 손님도 있었고, 일기를 쓰거나 편지를 쓰는 손님도 있었다. 그렇게 카페에서 자신만의 시간을 보내는 어린이가 있다는 걸 신기하게 여긴 어른 손님이 다가가 말을 붙이려 할 때면 지애는 재빨리 다가가 제지했다. "손님, 다른 손님을 존중해주세요." 그러면 어른 손님은 머쓱해하며 "아니, 나는 그냥 대견해서" 같은 말을 했다.

　신기할 것도 대견할 것도 없이, 그저 제 몫의 잔을 들고 자신만을 위한 자리에 앉아 있는 어린이를 볼 때면 지애는 자신의 어린 시절이 떠올랐다. 어린이 지애. 제 몫의 잔을 들고 들뜬 열세 살의 지애. 가죽이 다 닳아버린 낡은 소파와 반질반질 광이 나는 테이블과 물고기도 없이 뽀글뽀글 공기 방울만 연신 올라오는 커다란 수조가 있는 공간. 작은 바구니에 담긴 메모지를 꺼내 신청곡을 적어 테이블 모서리에 두면 눈이 빠른 종업원이 어느새 가져가고, 곧 멀리 놓인 커다란 스피커에서 들려오던 음악 소리. 그 음악에 대해 이야기하던 어른들의 목소리. 잔이 부딪히는 소리. 커피 냄새. 도무지 잊히지 않는 그날의 기분이 지애를 지금의 지애로 만들었다.

　수요일이 되면 지애는 카페 문이 열릴 때마다 수정이기를 기대했다. 얼마 전 북쪽 구역으로 이사를 왔다는 수정은 프리랜서 영상 편집자인데 월요일까지 작업을 마쳐달라는 요구를 받을 때가 많아서 주말을 온전히 쉬지 못하는 대신 수요일을 휴일로 정했다고 했다. 카페를 열 때부터 있었지만 아무도 있는지 몰랐던 카운터석, 지애가 핸드드립으로 커피를 내리는 맞은편의 하나뿐인 의자에 앉아 따뜻한 커피 한 잔을 천천히 마시다가 가끔 짧은 대화를 나누곤 했다. 어느샌가 지애에게 수요일은 수정이 오는 날이 되었고, 어쩌다 늦어지면 무슨 일일까 궁금해졌다.

수요일 오후 2시, 카페 안에는 디카페인 아이스 아메리카노 한 잔과 에그타르트를 주문한 어린이 손님과 똑같이 에스프레소 더블샷을 주문한 두 명의 어른 손님이 있었다. 아이스 아메리카노 손님은 자주 지애의 카페를 찾는 단골이었는데 항상 작은 스케치북을 가져와서 창가 자리에 앉아 창밖의 풍경을 그리곤 했다. 에스프레소 손님들은 처음 보는 얼굴이었다. 마주 앉아서 한마디도 하지 않은 채 각자의 휴대전화만 들여다보고 있었다. 그러다 한 사람에게 전화가 걸려왔고, 다른 사람에게 별다른 말도 없이 자리에서 일어나 밖으로 나갔다.

열렸던 문이 닫히기 전에 다시 열렸다. 수정이었다.

"따뜻한 오늘의 커피 부탁드려요."

수정의 주문은 늘 같았다. 지애는 반갑게 인사하며 수동 그라인더에 커피콩을 넣었다. 콩이 다 갈릴 때쯤 물이 적당한 온도로 데워졌다. 지애는 커피 가루가 소복이 담긴 드리퍼 위로 천천히 주전자를 움직였다. 물줄기가 가늘고 고르게, 이어졌다. 커피 향이 주변으로 퍼져나갔다. 수정이 따뜻한 커피를 한 모금 마시고는 미소 지었다.

"오늘도 맛있네요."

"감사해요."

밖으로 나갔던 에스프레소 손님이 돌아왔다. 그는 다시 앉지 않고, 의자에 올려두었던 가방을 집어 들었다. 나머지 한 사람도 아무런 말 없이 자리에서 일어섰다. 계산하면서 밖에 나가지 않았던 손님이 물었다.

"저쪽 자리에 앉아 있는 애는 사장님 아이인가요?"

"아니에요, 손님이에요."

"그래요? 애가 어쩜 저렇게 얌전할까. 그런데 애가 혼자 이런 데 있어도 돼요?"

지애는 대답 대신 계산을 마친 카드와 영수증을 건넸다. 그들의 목소리가 창가 자리까지 닿지 않기를 바라면서, 안녕히 가시라고 인사를 했다. 그들이 떠난 자리엔 에스프레소 두 잔이 고스란히 남아 있었다. 지애의 속상한 얼굴을 보고 수정이 말했다.

"맛있는 커피가 아깝게 됐네요."

"어쩔 수 없죠."

수정은 지애가 속상한 이유가 남은 커피 때문만은 아니라는 걸 알았다. 무심하고 무례한 말 때문이겠지. 카페에 올 때마다 지애가 어린이 손님들에게 쓰는 세심하고 다정한 마음을 느꼈기에 수정은 궁금해졌다.

"지애 씨는 어릴 때 어땠어요?"

"저요?"

지애의 표정이 부드럽게 풀어졌다.

"금사빠였죠."

"그게 뭐예요?"

"몰라요? 금방 사랑에 빠진다고요."

"연애를 많이 했다는 건가요?"

"그런 사랑은 아니었어요."

지애가 어린 시절 사랑에 빠졌던 건 어떤 가능성들이었다. 어른들을 흐뭇하게 만드는 것이 아니라 자신을 행복하게 하는 미래의 모습에 대한 상상들. 파티시에, 엔지니어, 플로리스트, 레이서, 그런 단어들. 고층 호텔 라운지의 애프터눈 티 세트를 먹으면서, 거대한 전시장 안을 가득 채운 각종 로봇들을 보면서, 혹은 누군가가 들려주었던 이야기 속에서 만나곤 했던 무수한 가능성들.

"첫눈에 반하고 사랑에 빠지고 꿈을 꾸고 그랬거든요."

"멋진 경험을 많이 하셨나 봐요."

"다 제가 미션을 성공해서죠."

미션이라는 게 뭔지 궁금할 텐데도 수정은 묻지 않고 기다리고 있었다. 천천히 커피를 마시는 사람. 기다리며 대화할 줄 아는 사람. 그러니 시간은 충분하겠지. 지애는 오늘은 수정에게 어떤 이야기를 해주어야겠다고 마음먹었다. 누구에게도 하지 않았던 이야기를.

"사실 제가 이렇게 카페를 연 것도 미션의 보상 덕분이거든요."

* * *

왜 어떤 어른은 어린이를 만나면 꼭 커서 뭐가 되고 싶으냐고 물을까. 지금 눈앞에 있는 어린이가 아니라 미래에 어른이 될 존재하고만 대화하겠다는 것처럼. 차라리 어젯밤에 꾼 꿈이 뭐냐고 물어본다면 더 재미있는 이야기를 할 수 있을 텐데. 왜 재미없는 어른들이 그렇게도 많은지. 어린이였던 지애는 어른들과의 지루한 대화에 불만이 많았지만 "왜요?"라고 되묻거나 "알려주기 싫은데요"라고 말하지 않는 것이 상황에 맞는 태도라는 걸 알았다. 하지만 정답을 선뜻 말해주고 싶지는 않았기 때문에 곰곰이 생각하는 척을 했다. 그러면 질문을 한 어른은 기특하다는 듯이, 다정함이 담긴 눈빛으로 지애가 대답하기를 기다렸다. 그 짧은 기다림의 순간에만 가끔씩, 지애는 어른에게서 한 사람 몫의 존중을 받고 있다고 느꼈다.

커서 어른이 되면, 꼭 기다려주는 사람이 되고 싶었다. 하지만 그런 말을 하진 않았다.

어린이 지애의 대외적인 꿈은 선생님이었다. 지애의 부모가 모두 학교에서 근무했으므로 대부분의 어른이 그 대답에 만족했다. 지애의 부모도 기뻐했다. 그래서 시험 성적이 좋은 과목을 붙여 디테일을 추가해나갔다. 중학교 국어 선생님이 되고 싶다거나 고등학교 역사 선생님이 되고 싶다거나 하는 식으로. 언젠가 교내 영어 경시대회에서 상을 받았을 때는 대학의 영어 교수가 되고 싶다고 말하기도 했는데, 영어 교수라는 건 없다며 깔깔 웃은 사람이 성희 이모였다.

성희는 지애의 진짜 이모인 주현의 친구였다. 주현은 지애가 고등학교에 입학할 때까지 지애의 집에서 같이 살았는데 지애의 부모가 없을 때면 종종 성희를 집에 데리고 왔다. 이모의 친구니까 이모라고 부르라고 해서 성희 이모라고 불렀다. 나중에야 이모의 친구가 아니라 여자친구라는 걸 알았다.

성희는 지애에게 식상한 질문을 하지 않는 유일한 어른이었다. 아니 어쩌면 아주 식상한 질문만 하는 어른이었을지도 모르겠다. 마치 주현에게 하는 것처럼, 익숙한 사람과 무심하게 나눌 수 있는 일상적인 말들을 지애에게도 건네곤 했으니까. 장래 희망 대신에 "뭐 하고 있었어?" 하고 물었다. "요즘 재미있는 일 없었어?"라고, "이번 주말엔 뭐 할 거야?"라고 물었다. 어른들은 그런 이야기로 한참 시간을 보내던데, 그래서 지애도 그럴 수 있을 것 같았는데, 막상 말을 하려고 하니 쉽지 않았다.

"어디 가고 싶은 곳 없어?"

"몰라."

"없는 게 아니고 몰라?"

"모르겠어."

"왜 모르겠는데?"

"모르겠으니까."

"잘 생각해봐."

"생각해봐도 모른다고!"

먼 미래를 묻는 것보다 가까운 바람을 알려달라는 말이

더 어렵게 느껴져서 지애는 당황했다. 대충 얼버무려 대답을 피하려고 해도 성희의 질문은 끈질기게 따라왔고, 결국은 지애가 분해서 눈물을 터뜨린 적도 있었다. 왜 애를 울리냐고, 어른이 되어가지고 애랑 싸우면 되겠냐고, 주현이 타박을 하자 성희는 진지하게 말했다.

"얘가 아무것도 바라는 게 없대. 열두 살인데. 그게 말이 돼?"

왜 말이 안 되나. 지애는 억울했다. 하고 싶은 것도 가고 싶은 곳도 없었다. 먹을 수 있는 걸 먹고 해야 하는 일이 있으면 하겠지. 밤에는 잠을 자고 아침이면 눈을 뜨고 학교에 가고 정해진 시간표에 맞춰 공부를 하고……. 어린이들이 다 그렇잖아. 정말로 하고 싶은 건 어차피 못 하니까. 그래도 별로 억울하지도 않다고. 어른이 된다고 해도 시간 여행을 하거나 투명 인간이 되는 건 불가능하니까. 다들 그냥 할 수 있는 것만 하면서 사는 거라고, 어른들도 그렇게들 이야기하잖아.

"우리 지애가 좀 조숙해서 그래."

주현의 말에 성희는 아무런 대꾸도 하지 않았다. 집을 나서기 전에 문득 생각난 듯이 가방 깊숙한 안쪽에서 초콜릿을 하나 꺼내 지애의 손에 쥐여주었다. 포장지에 온통 외

국어가 적혀 있었다. 지애는 그날 밤, 깨끗하게 양치질을 한 이로 그 초콜릿을 깨물어 먹으며 국어사전에서 '조숙하다'라는 단어의 뜻을 찾아보았다.

조숙하다.
동사. 식물의 열매가 일찍 익다.
형용사. 나이에 비해 정신적으로나 육체적으로 발달이 빠르다.
예문. 그 집 아이는 아홉 살이지만 무척 조숙해서 거의 어른과 다름없었다.

어른과 다름없다는 말은 좋은 건가. 지애는 자신에게 조숙하다고 말하던 여러 어른의 얼굴을 떠올려보았다. 웃고 있었다. 주현 이모도 웃고 있었지. 웃지 않은 건 성희 이모뿐이었어. 웃는 순간이 다른 사람끼리 서로를 오래 생각하는 건 어려운 일이지. 성희가 지애의 집에 드나든 기간은 1년이 채 되지 않았다.
"그때 성희 이모랑은 왜 헤어졌어?"
"잘 안 맞아서."
"그럴 줄 알았어."
"네가 뭘 안다고."

"딱 봐도 그렇더라고."

성희 다음에도 여러 이모와 삼촌들을 집으로 데려왔던 주현의 연애 편력에 대해 알게 된 것은 스무 살이 넘어서였다. 떠올려보면 다들 좋은 사람들이었다. 아무래도 이별을 통보받는 쪽은 늘 주현이었을 거라고 지애는 생각했다.

아직 주현과 성희가 함께였을 때, 지애는 주말이면 그 둘과 집 밖에서도 같이 시간을 보냈다. 지애를 데리고 외출하면 꽤 두둑한 용돈이 주어졌으므로 주현이 종종 데이트에 지애를 끼우곤 했던 것이다. 연인의 조카와 함께 데이트를 해야 하는 상황을 성희는 어떻게 여겼을까. 적어도 지애가 떠올리기에 성희가 싫은 내색을 한 적은 없었다. 가끔씩 성희의 차 뒷좌석에 앉은 지애에게 "이모랑 얘기 좀 하고 올게" 하고 둘이서만 사라졌다 돌아오긴 했지만. 셋이 다니는 일이 서로에게 불편한 일은 아니었을 거라고 생각하고 싶었다. 지애에게는 매우 즐거운 일이었으니까.

"지애도 잘 가. 다음 주에 보자."

주현과 지애를 집에 데려다주며 성희는 이렇게 인사를 하기도 했다. 다음을 약속하는 말이 있다는 게 얼마나 설레는 일인지 지애는 알게 됐다.

극장에 가본 것도, 미술관에 가본 것도, 캠핑을 해본 것도 처음이었다. 자전거를 타는 법도 배드민턴을 치는 법도 주현과 성희에게서 배웠다. 지애의 부모는 많이 바빴고, 그래서 항상 피곤했고, 여유가 생기면 꼭 둘만의 시간이 필요하다고 말했다. 그 시간에 지애의 자리는 없었다. 지애는 방해가 되지 않도록 행동하는 법을 익혔다. 가만히 앉아서 할 수 있는 일들을 점점 잘하게 됐다. 그런 걸 좋아한다고도 생각했다. 하지만 아니었다. 지애는 숨이 찰 때까지 달리고 신이 나서 소리를 지르는 걸 더 좋아했다. 새롭게 해보고 싶은 일들이 너무 많았다.

그런데 어느 날부터 성희가 찾아오지 않았다. 주현도 성희를 만나러 가지 않았다. 지애는 자기를 데리고 다니는 게 귀찮아져서 몰래 만나는 걸까 싶어 주현을 열심히 관찰했지만 아무래도 그건 아닌 것 같았다. 싸웠나. 그럴 수도 있지. 화해는 언제쯤 하려나. 그런 생각들을 하는 사이에 시간은 잘도 흘렀고 주현은 성희가 아닌 다른 친구를 만나러 간다며 외출하는 일이 잦아졌다. 이별에 대해서도 새로운 사랑에 대해서도 알지 못한 지애만이 계속 성희를 기다렸다. 새롭게 생긴 이모하고는 쉽게 정이 들지 않았다.

그때 주현이 설명해주었다면 어땠을까. 예전처럼 성희

와 셋이서 만날 수 없게 된 이유에 대해서. 앞으로는 성희가 집에 찾아오는 일도, 함께 놀러 가는 일도 없을 거라는 것을. 어린이 지애는 이해할 수 있었을까. 새로운 이모가 싫다며 다시 성희 이모를 만나라고 말도 안 되는 떼를 쓰진 않았을까. 지애는 그런 생각을 할 때면 피식 웃음이 나왔다. 어린이 지애는 그보다 더한 일을 해버렸으니까.

그날은 지애의 열세 번째 생일이었다. 갖고 싶은 선물이 있냐는 부모의 질문에 지애는 "주현 이모랑 성희 이모랑 놀이공원에 가고 싶다"고 말했다. 꼭 그렇게 셋이 가야만 한다고.

어떻게 그런 일이 일어났는지, 그 중간 과정은 모르지만 지애는 정말 주현과 성희와 함께 셋이서 놀이공원에 갔다. 퍼레이드를 하던 마스코트와 같이 찍은 사진도 있다. 사진 속 지애는 행복해 보인다. 양옆의 이모들이 어떤 마음인지 알지 못한 채.

그리고 놀이공원에 다녀온 다음 주말부터 지애에게는 성희의 미션 편지가 도착했다.

"아, 그때 찍은 사진, 저기 있어요."

지애가 카페 벽에 걸려 있는 액자를 가리켰다. 수정이 자리에서 일어나 액자 가까이 다가갔다. 작은 하트 모양 풍선이 달린 머리띠를 쓴 세 사람이 찍혀 있었다.

"그때 어떤 마음이었냐고 이모한테 물어본 적 있어요. 이모는 너무 오래 지나서 잘 기억이 안 나지만 당연히 짜증 나지 않았겠냐고 하더라고요. 저라도 그랬을 거 같긴 해요. 자기가 헤어지자고 했던 사람에게 연락해서 조카 생일이니 놀이공원을 같이 가달라고 한다는 게."

"이분도 대단하시네요. 그런 연락을 받고 나왔다니."

"그러게요. 그러고 보니 그때 어떤 마음이었는지 성희 이모한테는 안 물어봤네요."

"그날 이후로도 만나셨나요?"

"그럼요. 성희 이모가 새로 만나는 사람하고도 같이 만난 적이 있어요."

"정말요?"

"물론, 주현 이모는 빼고요. 성희 이모의 다른 조카들이랑 같이 스키장에 간 적도 있었는데. 그때 정말 재밌었죠."

"조카들이요?"

"저 말고도 미션 편지를 받는 조카들이 더 있었어요. 저까지 여섯 명이었죠."

"여섯 명 전부 헤어진 연인의 조카들이었던 건 아니죠?"

"설마요."

"그분들하고도 계속 연락을 주고받았나요?"

"아뇨, 스키장에 다녀온 뒤로는 모두 모인 건 딱 한 번이에요."

성희의 장례식에서.

지애는 자신이 했던 마지막 미션에 대해 이야기하기 전에 왜 그런 미션을 받게 되었는지를 먼저 설명해야겠다고 생각했다.

주현과 성희는 지애의 생일을 맞아 갔던 놀이공원에서 서로가 친구는 될 수 없겠지만 지애의 두 이모는 될 수 있다는 데에 합의했다. 하지만 주현에게는 새로운 연인이 있었고, 성희에게도 관심이 가는 사람이 있었으므로 계속해서 셋이 만날 수는 없었다. 성희는 지애의 부모가 허락한다면 지애에게 미션 편지를 전해주고 싶다고 했다. 미션 편지는 펜팔을 가장한 후원이었다. 자신이 소중하게 여기는 이

들 덕분에 알게 된 아이들에게 성희는 자신이 가진 것들을
기꺼이 나누어 주었다.

"성희 이모에게서 받은 게 정말 많아요. 어린 시절에
만난 어떤 어른이 보여준 태도가 삶을 바꿀 수도 있다는 걸
알게 됐어요. 제가 이렇게 카페를 하게 된 것도 다 이모와
미션 덕분이거든요."

대화가 길어지는 사이 수정의 잔이 빈 것이 지애의 눈
에 들어왔다.

"수정 씨도 다방 커피 아시죠?"

"그럼요. 진하고 달달하게 먹는 다방 커피, 저도 가끔
당길 때가 있어요."

"그럼 한 잔 드릴까요?"

"좋죠."

"전 둘, 둘, 셋을 좋아하는데, 수정 씨는요?"

"저도 좋아요."

지애가 찬장에서 세 개의 유리병을 꺼냈다. 인스턴트커
피 가루와 식물성 크림 가루, 설탕 가루를 섞어 만드는 다
방 커피는 마시는 사람의 취향에 따라 배합이 달랐다. 커피
둘, 크림 둘, 설탕 셋. 지애의 다방 커피 취향은 성희에게서
온 것이었다. 열세 살의 생일이 지나고 받은 첫 번째 편지

에 적힌 미션을 완료하고 그 보상으로 지애는 음악다방이라는 곳에 가게 되었다. 주현과 주현의 당시 연인이었던 사람, 그리고 성희와 함께였다.

"세상에나. 전 상상만 해도 멀미가 날 것 같네요."

"저도 지금 생각하면 그래요. 근데 그날 분위기 나쁘지 않았어요. 오히려 좋았죠."

그 음악다방엔 메뉴가 하나뿐이었다. 다방 커피. 대신 손님의 취향에 맞춰 다양한 배합이 가능했다. 주현은 둘, 둘, 하나. 주현의 연인은 둘, 둘, 둘. 성희는 둘, 둘, 셋. 주문을 받아 적던 직원이 지애에게 눈을 맞추며 물었다.

"손님은 어떻게 드릴까요?"

지애는 무슨 뜻인지도 모르면서 성희를 따라 둘, 둘, 셋이라고 말했다. 직원은 고개를 끄덕였다. 잠시 후 네 잔의 다방 커피가 나왔다. 지애는 처음 마셔보는 제 몫의 커피에 마음이 두근거렸다.

"지금 생각하면 그냥 따뜻한 우유였던 거 같아요. 인스턴트커피 몇 알을 넣어서 커피색이 살짝 나는. 근데 테이블 위에 내 커피 잔이 놓여 있다는 게 너무 좋았어요."

그때부터 지애의 꿈은 커피를 내어주는 사람이 되었다. 나이가 들면서도 변하지 않았다. 성희에게 이야기했더니 미션의 보상으로 여러 지역의 카페에 데리고 가주었다. 고등학생 때부터는 카페에서 아르바이트도 했다. 대학에 진학하는 대신 영국으로 워킹홀리데이를 떠났다. 그곳에서도 카페에서 일했다. 휴일이면 유명하다는 카페를 찾아다니며 커피를 마셨다. 커피를 마시고 기뻐하는 사람들의 표정을 보는 게 좋았다. 돈을 모아 한국으로 돌아와서 카페를 열고 싶었다. 다행히 일하던 카페에서 취업 비자를 내주어서 몇 년 더 영국에 있을 수 있었다. 그러다 국제우편으로 마지막 미션 편지를 받게 되었다.

* * *

사랑하는 나의 조카, 지애에게.

잘 지내고 있니? 너에게 마지막으로 미션을 보낸다.

미션을 성공하면 넌 내 유산을 상속받고 네가 원하던 카페를 갖게 될 거야.

마지막 미션 : O월 O일 O시, 엘리제에서 열리는 내 장례식에 오는 손님들에게 각자의 취향에 맞는 커피를 대접하시오.

지애가 미션 편지를 읽은 때는 영국 시각으로 저녁 6시였다. 퇴근하고 돌아오는 길에 우편함에 꽂힌 미션 편지를 발견하고 반가운 마음에 곧바로 뜯어본 참이었다. 서머타임이 있을 때라 한국은 새벽 2시였지만, 지애는 곧바로 성희에게 전화를 걸었다. 유산이니 장례식이니 하는 말이 실패한 농담이라는 걸 성희에게 당장 알려주고 싶었다. 하지만 전화기가 꺼져 있다는 메시지만 들렸다.

"누가 장례식을 시간 날짜 미리 정해서 하냐. 게다가 커피 주문받는 장례식은 또 웬 말이야. 하여간 이모는 엉뚱하다니까."

지애는 불길한 예감을 떨치기 위해 거리를 걸으며 혼잣말을 했다. 지칠 때까지 걷다가 돌아와서 한국으로 가는 비행기표를 샀다. 지금까지 성희의 미션 편지가 농담인 적은 한 번도 없었으니까.

공항에서 출국 수속을 하고 있을 때 성희에게서 메시지가 왔다.

—편지 받았구나.

—이모, 이게 다 무슨 소리야.

—적힌 그대로야. 내 장례식에 오는 손님들에게 커피를 좀 줘. 너무 많으면 네가 힘들까 봐 딱 100명만 불렀어. 괜찮지?

―무슨 콘셉트 파티 같은 거야? 핼러윈도 아닌데?

―미션 수락한 거지?

―나 지금 비행기 타니까, 가서 얘기해.

지애가 한국에 도착한 날은 미션 편지에 적힌 성희의 장례식 이틀 전이었다. 공항에는 뜻밖에 주현이 마중을 나와 있었다.

"설마 이모도 그 파티에 초대받은 거야?"

애써 밝게 말했지만 지애는 떨리는 목소리를 숨기지 못했다. 주현이 이전엔 본 적 없는 표정을 짓고 있었기 때문이었다.

주현은 성희가 입원해 있는 호스피스 병원으로 지애를 데려갔다. 병실에 들어갔을 때 성희는 잠들어 있었다. 병실 안에는 성희가 좋아하는 재즈 가수의 노래가 작게 흐르고 있었다. 병실 안엔 흔히 떠올릴 수 있는 링거액이 담긴 유리병은 물론이고 아무런 의료기기도 없었다. 성희의 몸에도 주삿바늘 같은 건 꽂혀 있지 않았다. 그래서 지애는 더 슬펐다. 성희가 아무것도 치료하지 않는 상태로 병원에 입원해 있다는 사실이 무엇을 의미하는지 모르는 척할 수가 없었다. 울음소리가 성희를 깨울 것 같아서 지애는 급하게 병실 밖으로 나왔다.

"진짜 장례식은 아니야."

주현이 지애에게 종이 한 장을 내밀었다. 얼핏 입장권처럼 보였다. 자세히 보니 미션 편지에 적혀 있던 성희의 장례식 날짜와 시각, 장소가 적혀 있었다. 성희의 손 글씨와 함께.

그동안 고마웠습니다. 서로의 얼굴을 보며 끝인사를 하고 싶습니다. 저를 만나주세요. 살아서 하는, 저의 장례식에 초대합니다.

"정말 성희답지?"

주현이 웃었고, 지애도 따라 웃었다.

* * *

"정말 대단했어요. 이모의 장례식. 수정 씨는 거기 있었다면 아마 토하고 말았을 거예요."

성희가 초대한 100명의 손님 중엔 주현을 포함해서 성희의 이전 연인들이 여럿 있었다. 그들은 서로를 알기도 하고 모르기도 하면서 어색하게 지애가 건넨 커피를 마셨다. 커피를 한 모금 마시는 순간 눈썹이 슬쩍 올라가거나 긴장

했던 어깨가 풀어지는 걸 보면서 지애는 뿌듯함을 느꼈다. 그리고 그런 자신이 황당했다. 와, 뿌듯함이라니. 그런 게 느껴지다니. 이모의 장례식에서! 어이가 없네.

성희의 조카들이 장례식장을 찾아온 100명의 손님을 맞이했다. 어릴 때 미션의 보상으로 다 같이 스키장을 갔던 처음이자 마지막 만남 이후로 다들 어른이 되어 있었다. 조카들은 서로 눈이 마주칠 때마다 울컥 눈물이 차오르는 통에 저마다의 방법으로 눈물을 삼키느라 바빴다. 누군가는 천장을 향해 고개를 들고 제자리에서 콩콩 뛰었고, 누군가는 눈가에 손부채질을 했다. 지애는 눈물을 삼키지 않았다. 그냥 차오르는 대로 내버려두고 넘쳐흐르면 흐르게 두었다. 그 모습이 자연스러워서 아무도 지애가 울고 있다는 걸 몰랐다.

수정은 지애가 지금도 울고 있는 게 아닌지 걱정됐다. 너무 자연스러워서 자신도 미처 알아채지 못하는 게 아닐까. 어느새 카페 안으로 들어오던 오후의 햇살은 사라지고 그 자리에 저녁의 그늘이 스며들고 있었다. 다른 손님은 모두 카페를 떠났다. 이제 곧 6시, 카페 영업이 끝날 시각이었다. 수정이 이렇게 오랜 시간 카페에 머문 건 처음이었다.

"괜찮으시면 같이 저녁 먹을까요?"

수정이 하려던 말을 지애가 먼저 했다.

"아직 이야기가 많이 남았거든요."

수정은 이날 지애와의 저녁 식사를 첫 데이트로 기억하게 될 거라는 걸 이때는 몰랐다. 시간이 흐른 어느 날에 지애의 카페에 찾아온 지애의 조카를 만났을 때 "안녕, 난 수정 이모야"라고 자기를 소개하게 된다는 것도. 전혀 알지 못한 채로, 지애를 보며 고개를 끄덕였다.

"좋아요."

쿠키가 두 개일 때

혜선에게는 사람을 구분하는 기준이 있었다. 영화의 마지막 장면이 영화의 끝이라고 생각하는 사람과 엔딩 크레디트가 다 올라가고 나서야 영화가 끝났다고 생각하는 사람. 혜선은 후자의 사람이었고, 엔딩 크레디트 도중에 불이 켜지는 극장을 경멸했다. 그리고 예리도 자신과 같은 사람이리라 믿었다.

"심지어 쿠키 영상이 있는 영화에서 엔딩 크레디트 도중에 불을 켜버리는 거, 그건 정말 무례하지 않니? 관객을 억지로 영화 밖으로 끌어내는 거잖아."

혜선은 말을 할 때 듣는 사람의 반응보다는 자신이 하는 이야기에 빠지는 편이었다. 예리는 혜선의 말에 동의한다는 의미로 고개를 끄덕였지만, 사실은 쿠키 영상도 엔딩 크레디트도 꼭 봐야 한다고 생각하지는 않았다. 영화가 재미없으면 도중에 극장을 나갈 수도 있지 않나? 하지만 혜선의 세계에서는 절대로 일어나서는 안 될 극악무도한 일일 테니 입 밖으로 꺼내진 않았다.

반드시 그래야만 하는 사람과 이래도 저래도 상관없는 사람이 있다면 기준이 느슨한 쪽이 완고한 쪽을 맞춰주는 것이 좋지 않을까, 여러모로. 모두의 평화, 같은 것을 위해서. 예리는 고개를 끄덕이는 게 어렵지 않은 사람이었다.

혜선과 예리는 예술영화를 보고 감상을 나누는 동호회에서 만났다. 혜선은 여러모로 취향이 뚜렷한 시네필이었다. 필모그래피를 줄줄이 꿰는 배우들이 여럿 있었지만 쉽게 팬이라고 말하지 않았다. 어떤 감독에 대해서는 특정한 시기의 작품만을 좋아한다고 말했다. 혹은 '받아들였다'고 표현했다. 아무런 사전 정보 없이 새로운 영화를 볼 때는 선물 상자를 뜯을 때처럼 설렌다고 했다. 그 영화가 받아들일 수 없는 것이었을 때에도 도중에 자리에서 일어나지 않았다. '실망했다'는 표현 대신 '맞지 않았다'고 표현했고, '존중해야 한다'고 덧붙였다.

예리는 예술영화라는 게 정확히 무엇인지 알지 못했다. 어떤 기준이 있는지, 무슨 승인을 받아야 하는지, 별로 궁금하지도 않았다. 그저 텔레비전에 예고편이 나오거나 시내 버스 옆면에 포스터가 붙거나 하는 일이 잘 없다는 것, 쇼핑센터 꼭대기 층에 자리한 멀티플렉스 극장에서는 상영하지 않는 경우가 많다는 것 정도만 알았다. 동호회에 가입한 건 취미가 하나 있으면 좋지 않을까, 이왕이면 새로운 사람도 만나고 같은 주제로 이야기도 나눌 수 있으면 재미있겠지 하는 단순한 생각에서였다. 낯선 이들과 어울리는 것을 좋아하는 성향이었기 때문에 매달 두 번씩 열리는 정기 모임에 빠짐없이 참석했고 성실한 회원인 혜선과 자주 마주쳤다. 우연히 서로의 나이를 알게 되었는데 크게 차이가 나지 않아서 말을 놓는 친구 사이가 되었다.

둘은 잘 맞았다. 그걸 둘도 알았다. 가벼운 농담의 온도가 잘 맞았고, 싫어하는 것들의 리스트가 많이 겹쳤다. 서로의 향수 냄새를 좋아했다. 그런데도 동호회 모임이 아니면 따로 만나지는 않았다. 모임에서 만나면 둘이서만 붙어 앉아 이야기를 나누면서도 둘만의 메신저 대화방은 없었다. 서로의 전화번호를 알고 있었지만 둘 중 한 명이 모임에 나오지 않아도 전화를 걸지 않았다.

그렇게 유독 죽이 잘 맞는 동호회 친구 사이로만 지낸 지 1년쯤이 지났다. 둘이서 함께 본 영화만 해도 서른 편이 넘었고, 영화를 보고 나서 마신 커피도 그 정도 되었고, 같이 먹은 밥도…… 술도…… 물론 그 모든 것이 동호회의 다른 회원들과 함께한 것이기는 했지만. 어쨌거나, 둘 사이에는 제법 역사라고 할 만한 것들이 쌓여 있었다. '그때 그거'라고 하면, '저번에 거기'라고 하면, 다른 설명 없이도 고개를 끄덕일 정도로.

그러던 어느 날이었다. 여느 때처럼 동호회 모임이 영화 관람, 커피 한잔 후에 밥 혹은 술을 함께할 사람들이 따로 자리를 옮기는 수순으로 진행되고 있었다. 카페에서 식당으로 이동할 때 걸음을 조금씩 늦추며 다른 이들로부터 거리를 벌리던 예리가 혜선에게 슬쩍 휴대전화를 내밀었다.

"이 영화 같이 보러 갈래?"

"언제?"

"다음 주에 개봉이야."

혜선은 예리의 휴대전화를 받아 들고 영화의 예고편 영상을 재생했다. 둘은 걸음을 멈추고, 머리를 맞대고, 30초짜리 예고편을 같이 봤다.

"개봉 첫 주말에 바로 가야겠네."

"그렇지? 아마 그다음 주말엔 안 걸려 있을 듯."

"그래, 보러 가자."

고개를 끄덕이는 혜선에게 예리는 도장을 꾸욱 눌러 찍듯 힘주어 말했다.

"둘이서만."

그렇게 처음으로 둘이서만 본 영화는 스웨덴 여성 감독의 흑백영화였다. 뱀파이어와 인어가 한 사람을 사랑하게 되면서 벌어지는 삼각관계 로맨스였다. 상영 시간은 한 시간 남짓으로 짧았고 상영관 안에는 혜선과 예리 둘뿐이었다. 정말 오직 둘이서만 영화를 보는 동안 예리는 자신이 영화를 잘 고른 건지 잘못 고른 건지 판단이 잘되질 않았다. 그저 문득문득 옆으로 고개를 돌려 혜선의 옆얼굴을 훔쳐보는 것이 영화보다 재미있었다.

엔딩 크레디트가 전부 올라간 뒤, 스크린이 하얗게 꺼지고 상영관 안의 조명이 켜졌다. 어둠에 익숙해진 눈으로 갑자기 쏟아진 빛에 혜선과 예리는 눈가를 찌푸리며 자리에서 일어났다. 그런 순간에 예리는 종종 윙크를 하는 것처럼 한쪽 눈을 완전히 감을 때가 있었는데, 혜선은 그 얼굴을 볼 때마다 매번 "귀여워"라고 말했다.

둘은 극장을 나와서 미리 골라두었던 화덕피자집으로 갔다. 가는 길에 예리가 휴대전화로 방금 전 본 영화에 대해 인터넷 검색을 했고, 주연 배우와 감독이 헤어진 연인 사이라는 걸 알아냈다.

"세상에, 세 명 다!"

"우리가 알 정도면 그 세 사람도 알고 있었겠지?"

"대단하네, 대단해."

예리가 진심으로 감탄한 듯이 말하는 모습에 혜선이 웃음을 터뜨렸다. 그 모습에 예리의 웃음이 터졌고, 둘은 웃음을 멈추지 못하는 서로를 향해 손가락질까지 하면서 한참을 웃으며 화덕피자집에 도착했다. 가게 안은 한산했고, 직원은 둘을 창가 자리로 안내했다.

"나 사실 화덕피자 처음 먹어봐."

"그래?"

"도우가 빵처럼 두껍고 테두리에 치즈가 들어간 피자를 좋아하거든."

"그럼 그런 거 먹으러 갈까?"

"아니, 화덕피자 먹어볼 생각에 설레."

혜선이 씨익 웃으며 하는 말에 예리는 대구 대신 물만 벌컥벌컥 마셨다. 둘은 피자 한 판과 파스타, 웨지감자와 샐러드가 나오는 커플세트A를 시켰다. SNS에 사진을 올리면 음료를 서비스로 준다고 해서 가게 이름을 해시태그로 붙

여 사진도 올렸다. 예리는 '#커플세트A #데이트코스'라고
슬쩍 덧붙였다.

"나도 어릴 때는 그런 피자 좋아했었는데."

"지금은 안 좋아해?"

"너무 많이 먹어서 좀 질렸어."

"얼마나 많이 먹었길래? 피자 가게라도 했어?"

"우리 집은 아니고, 옆집이."

"정말?"

예리는 아홉 살 때 부모님과 같은 상가 건물에서 피자
가게를 했던 이웃에 대해 이야기했다. 똑같은 초록색 앞치
마를 입고 일하던 30대 초반의 여자 두 명에 대해서. 예리
가 피자 이모들이라고 불렀던, 예리에게 항상 레시피보다
두 배가 넘게 재료를 올린 두툼한 피자를 만들어주었던 사
람들에 대해서.

"처음에는 둘이 자매인 줄 알았어. 웃는 얼굴이 꼭 닮
았거든. 그러다 성이 다르다는 걸 알았고, 그러면 친척인가
했지. 서로를 가족이라고 불렀으니까. 그때는 그런 생각밖
에는 못 했어."

주문한 피자가 나왔다. 루콜라를 잔뜩 올린 마르게리타
피자. 혜선과 예리는 그런 피자가 나오는 이탈리아 영화를

본 적이 있었다. 그때도 함께였고, 그래서 대화는 잠시 그 영화에 대한 내용으로 흘러갔다. 영화의 주인공이었던 여자가 커다란 선글라스를 끼고 해변을 걷는 장면에서 흘러나왔던 음악에 대해, 카메오로 출연한 원로 배우의 놀랄 만큼 빛나던 눈빛에 대해, 마지막 장면에서 끝없이 이어진 것만 같은 도로를 질주하던 은색 자동차와 엔딩 크레디트 끄트머리에 붙어 있던 한 스태프를 향한 추모의 말에 대해. 그리고 쿠키 영상에 대해. 둘은 생생하게 기억하고 있었다.

"난 쿠키 영상 속의 모습이 주인공의 전생 같다고 생각했어. 저 삶을 지나서 이 삶을 살고 있구나, 싶었지."

"그렇게 생각할 수도 있겠다. 난 마지막 장면으로부터 10년쯤 지난 모습이라고 생각했었는데."

쿠키 영상에 대한 감상뿐 아니라 그 영화를 보았던 극장이 종로에 있었는지, 광화문에 있었는지에 대해서도 둘은 다른 생각이었다.

"광화문 아냐? 끝나고 교보문고에 같이 갔었는데."

"교보문고에 간 건 맞는데 극장은 종로였지. 진짜 더운 날이었는데 교보문고까지 걸어가다가 지쳤었잖아."

"그래? 겨울쯤 아니었나?"

"한여름이었지. 그래서 그날 모임에도 몇 명 안 나왔

고.”

혜선이 파스타 위에 얹어진 딱 하나뿐인 커다란 새우를
예리의 접시로 옮겼다. 예리는 물끄러미 그 동작을 바라보
았다. 언젠가 동호회 회원들이 다 같이 대하구이를 먹으러
간 적이 있었다. 인천에 있는 예술영화 전용 극장에서 국내
에 정식으로 개봉된 적이 없는 일본 영화의 특별 상영회가
열렸고, 동호회 모임 역사상 가장 많은 회원이 참석했다. 영
화가 끝난 뒤 누군가가 소래포구에 가면 잘 아는 식당이 있
다고 했다. 그는 추진력이 굉장해서 식당에 전화를 걸어 단
체 손님이 갈 테니 차량을 보내달라고 했다. 영어 유치원
이름이 적힌 노란 미니버스를 타고 대하구이를 먹으러 가
면서, 예리는 혜선에게 자기는 정말로 새우를 좋아한다고,
너무 신이 난다고 들뜬 목소리로 말했었다.

그날 이후로 혜선은 새우가 있으면 일단 예리의 접시에
올려놓았다. 떠올려보면 언제나, 그랬다.

“피자 이모들도 내 피자에 새우를 엄청 넣어줬었는데.
아마 그때 나한테 해주던 피자에 이름을 붙이면 ‘슈퍼 치
즈 울트라 슈림프 피자’라고 해야 할 거야. 한 이모는 자기
가 치즈를 좋아하니까 치즈를 잔뜩 뿌리고, 다른 이모는 내
가 새우 좋아하는 걸 알아서 맘껏 먹으라고 넣어주고. 둘

이 그렇게 성격이 다른데도 한 번도 싸운 적이 없다고 했었어. 그러다 갑자기 가게도 닫고 이사를 가버려서 내가 며칠을 울었대. 이모들 보고 싶다고. 엄마가 가끔 그러더라. 네가 걔네를 왜 그렇게 좋아했는지 모르겠다고. 진짜 이모도 아니고 겨우 몇 달 친하게 지낸 건데 그렇게 서럽게 울더라고."

예리는 말하는 내내 포크로 새우 껍질을 까면서 접시에만 시선을 고정하고 있었다. 그동안 혜선은 아무 말 없이 예리를 보고 있었다.

"내가 왜 이런 얘기를 다 하고 있는지 모르겠다."

"그래? 정말 모르겠어?"

웃음기 어린 혜선의 목소리에 예리가 고개를 들었다.

"난 알겠는데."

* * *

예리의 부모는 주택가의 상가 건물 1층에서 세탁소를 운영했다. 세탁소 간판을 달고 있긴 했지만 수선도 하고 간단한 디자인의 옷은 맞춤 제작을 해주기도 했다. 그 세탁소가 예리가 태어나기 전부터 연중무휴로 아침부터 밤까지

불을 밝히고 영업하는 동안, 옆 점포는 수없이 간판이 바뀌었다. 그중 가장 짧게 걸린 간판이 피자 가게의 것이었다. 딱 다섯 달이었다. 가을부터 겨울까지, 해도 바뀌지 않은 짧은 기간이었지만 예리에게는 오래도록 '옆 가게'라고 하면 그 피자 가게가 떠올랐다.

학교를 마치자마자 세탁소로 달려가서 가방을 던져두고 옆 가게로 가면 두 명의 피자 이모가 예리를 반겼다. 예리는 하와이안 피자의 재료인 통조림 파인애플과 옥수수를 얻어먹으며 이모들과 벽에 걸린 텔레비전을 봤다. 텔레비전 속 프로그램은 뉴스일 때도 있고 드라마일 때도 있고 다큐멘터리일 때도 있었는데, 어떤 프로그램이든 그 내용보다 그걸 보며 이모들이 나누는 대화를 듣는 게 더 재미있었다.

"저 사람, 가르마를 바꾸는 게 좋지 않을까?"

"가르마보다는 좀 더 밝게 염색을 하는 게 좋을 것 같아."

"아냐, 색은 딱 저 색이 좋고 가르마가 안 어울려."

"가르마는 타고나는 거 아냐? 억지로 바꿨다가는 이상해진다고."

"타고나긴 무슨. 오히려 한쪽으로만 계속 가르마를 타

면 그 부근에 머리가 빠져서 휑해 보여. 그래서 난 주기적으로 가르마 바꾸잖아."

"그래? 몰랐네?"

"뭐? 나한테 그렇게 관심이 없단 말이야? 어머, 예리야. 이게 말이 되니?"

스포츠 중계를 보다가 왜 갑자기 아나운서의 가르마 얘기에 열을 올리는 걸까. 이모들의 대화는 이상하고 재미있었고, 잊지 않고 예리를 끼워주어서 좋았다.

직전에 성격 좋은 원장님이 운영하며 동네 사랑방 역할을 하던 미용실이 있던 자리여서 피자 가게로 간판을 바꿔 단 뒤에도 예전의 습관으로 오가다가 문을 여는 사람들이 있었다. "언니, 있잖아" 하며 혹은 "그런데 자기야" 하며 들어오던 사람들은 샴푸 냄새 대신 피자가 오븐에서 익어가는 냄새를 맡고는 머쓱해하며 몸을 돌렸다. 그때가 바로 예리가 활약할 때였다. 예리는 그들을 붙잡아서 "여기 피자 정말 맛있어요, 한번 드셔보세요"라고 영업 활동을 했다.

말이 트이기 시작한 서너 살 무렵부터 예리는 어른들에게 말 붙이는 걸 좋아했다. 글자를 읽을 수 있게 된 뒤로는 상가 공용 우편함에 꽂힌 우편물들을 모두 꺼내서 각 점포에 가져다주는 게 중요한 일과였다. 전기세 고지서나 보험

료 청구서 같은 걸 들고 약국에 가서는 비타민 음료를 얻어 먹으며 어느 제약사의 두통약이 가장 잘 팔리는지 물었고, 비디오 대여점에 가서는 가게 주인 대신 VHS 테이프를 집 어넣으면 자동으로 되감아주는 기계의 버튼을 눌렀다. 세 탁소 딸 예리는 동네에 소문난 영특한 아이였고, 예리는 어 디서든 환대를 받았다. 그래서 피자 가게가 새로 생겼을 때 도 망설임 없이 문을 열고 들어가 "안녕하세요, 저는 옆 세 탁소 딸 예리예요. 피자 이모라고 불러도 돼요?"라고 씩씩 하게 자기소개를 할 수 있었다.

예리의 피자 이모 중 한 명이었던 성희는 치즈와 새우 중 새우였다. 예리가 제 몫의 피자 조각을 받으면 가장 먼 저 작은 칵테일 새우들을 골라 먹기 때문에 동그란 구멍이 뿅뿅 뚫리곤 한다는 이야기를 예리의 부모에게서 들었기 때문에 어느 쪽을 베어 물어도 입안에 새우가 가득할 수 있 게끔 도우에 토마토소스를 바른 뒤엔 새우부터 잔뜩 올렸 다. 그 새우들은 곧 함박눈이 쌓이듯 소복하게 내려앉는 치 즈 가루에 묻히고 말았지만.

"치즈를 이렇게 많이 뿌리면 다 흘러내려서 들고 먹을 수가 없다니까?"

"그럼 새우를 좀 줄이면 되겠네."

"예리는 새우를 좋아해."

"피자의 생명은 치즈지."

"이모들, 난 괜찮아. 둘 다 많이 줘. 다 맛있어!"

피자 이모들은 경쟁하듯 새우와 치즈를 점점 더 많이 쌓아 올렸고 언제부턴가는 피자라기보다 그라탱에 가까운 음식이 되어버렸다. 피자 박스 대신 호일 그릇에 담아야 할 정도였다. 예리의 부모가 피자값을 지불하려고 했지만 이 모들은 극구 사양했다. 예리가 손님을 몰고 온다며, 덕분에 장사가 잘된다며 손사래를 쳤다. 예리의 부모는 돈 대신 이 모들의 옷과 이불을 세탁해주기로 했다. 그중에서도 가게 에서 입는 조리복과 앞치마는 매일 세탁해주었다. 세탁소 는 이른 아침부터 늦은 밤까지 영업을 했기 때문에, 피자 가게의 불이 꺼지면 예리가 이모들의 조리복과 앞치마를 들고 세탁소로 건너왔다. 이모들의 옷가지에서는 피자에 들어가는 온갖 재료들의 냄새가 났다. 밀가루, 토마토, 치 즈, 새우, 파인애플, 옥수수…… 그 모든 것이 노릇하게 구 워지는 냄새.

그날도 예리는 학교를 마치자마자 세탁소로 뛰어갔다. 한쪽 구석에 던지다시피 가방을 내려놓고 이모들의 옷가지 부터 챙겼다. 깨끗하게 세탁해서 빳빳하게 다려놓은 조리복과 앞치마를 품에 안고 발걸음도 가볍게 피자 가게로 향했다. 늘 그랬던 것처럼 유리문을 밀고 들어가려는데 문이 열리지 않았다. 그제야 가게 안이 어둡다는 걸 알았다. 왜 아직 안 왔지? 이상하다고 생각하면서 가게 밖에 서 있다가 한참이 지나 다리가 아파져서 세탁소로 돌아갔다. 그날 결국 이모들은 나타나지 않았고, 피자 가게는 다시는 열리지 않았다. 며칠 뒤에 예리가 학교에 있을 때 한 이모가 혼자 찾아와서 그동안 감사했다고 인사를 하고 갔다고 부모에게서 전해 들었다. 분명 성희 이모일 거라고 예리는 생각했다.

피자 가게였던 자리가 만화 대여점이 되었다가 생과일 주스 전문점이 되었다가 편의점이 된 뒤에도 예리는 그 앞을 지나면 이모들이 생각났고 그들의 실없는 대화에 어울려서 떠들던 날들이 그리웠다. 예고 없는 이별에 대한 원망보다는 이모들의 안부가 궁금했다. 그래서 몇 년이 지난 어느 날 봉투 곁면에 피자 모양 스티커가 붙은 편지가 도착했을 때는 내용을 읽기도 전에 기쁨의 비명을 지르고 말았다.

* * *

예리는 혜선과 이별한 뒤에 더 자주 극장을 찾았다. 동호회 모임엔 나가지 않았다. 대신 시간이 날 때면 언제든 극장에 갔다. 가장 빨리 시작하는 영화표를 사면서 "남아 있는 자리 중 제일 좋은 자리로 주세요"라고 말했다. 이미 본 영화를 다시 볼 때도 있었다. 그럴 때면 엔딩 크레디트의 이름들이 마치 아는 사람인 것처럼 반가웠다. 혜선과의 공간이었던 극장이 점점 더 예리만의 공간이 되어갔다.

영화 이야기를 나누던 사람이 없어졌기 때문에 블로그에 감상을 남기기 시작했다. 꾸준히 올리다 보니 블로그 방문자 수도 점점 늘었다. 예리는 자신이 영화를 보는 것보다 사람들과 영화에 대해 이야기하는 것을 더 좋아한다는 걸 알게 됐다. 그러다 자주 찾던 예술영화 전용 극장에서 홍보팀 직원을 뽑는다는 공고를 보게 되었다. 그리고 면접에서 자기도 모르게 '슈퍼 치즈 울트라 슈림프 피자'에 대해 이야기했다.

"자기가 좋아하는 걸 나누고 싶은 마음도, 상대가 좋아하는 걸 더 해주고 싶은 마음도 모두 저에게 있기 때문에 이 일을 잘할 수 있다고 생각합니다."

예리는 합격했다. 지원자가 예리뿐이었다는 건 그만둘 때까지 몰랐다.

홍보팀 직원으로 입사했지만 극장의 여러 일들을 두루

맡았다. 주요 업무는 극장 홈페이지와 SNS 관리였지만 상영관에 입장하는 관객들의 검표부터 상영관 청소, 영화 포스터와 전단 관리도 했다. 관객들을 위한 이벤트나 행사도 기획했고, 특별 상영회 프로그램을 짜기도 했다. 이왕이면 극장 일의 모든 것을 섭렵하면 어떻겠냐는 제안을 받고 온라인으로 학점은행 수업을 듣고 영사산업기사 자격증까지 땄다.

그 모든 일은 재미있었다. 예리는 언젠가 자신이 운영하는 작은 극장을 갖는 꿈을 꾸게 되었다. 그때를 위한 준비라고 생각하니 일도 힘들게 느껴지지 않았다. 물론 예리의 업무 영역이 늘어날 때마다 월급이 늘어났기 때문에 가능한 생각이었다. 예술영화 전용 극장의 수입이라는 건 빤했고 그래서 예리의 월급도 액수가 충분하다고 할 수 없었지만 예리에게 일을 하면서 가장 중요한 건 분명했다. 정확하게 인정받는 것.

금요일마다 심야 영화를 보러 오는 관객이 있었다. 어떤 영화든, 심지어 이미 본 영화여도 금요일 마지막 회차의 상영이라면 같은 자리로 예매를 했다. 예리는 어느 순간부터 그를 의식해서 금요일 마지막 상영은 매번 다른 영화를 편성하곤 했다.

그는 영화가 마음에 들지 않더라도 마지막 장면까지 자리를 지켰다. 고개를 젖히고 잠이 들더라도, 스크린이 아닌 다른 곳을 보며 딴생각에 잠길지라도. 그러다가 마지막 장면이 끝나고 엔딩 크레디트가 올라가면 미련 없이 자리에서 일어섰다. 예리가 일하는 극장은 엔딩 크레디트가 모두 올라가고 난 뒤에 불을 켜는 극장이었는데, 그는 어둠 속에서 성큼성큼 계단을 내려가서는 닫혀 있는 문을 열고 상영관 밖으로 나갔다.

언젠가 예리는 검표를 하면서 그에게 "이 영화는 엔딩 크레디트 뒤에 중요한 쿠키 영상이 있으니 꼭 보시라"라고 안내한 적이 있었다. 하지만 알겠다며 고개를 끄덕인 그는 그날도 아직 컴컴한 상영관 안에서 밖으로 나왔다. 그러고는 극장 로비에서 청소를 하고 있던 예리에게 꾸벅 고개를 숙여 인사까지 했다.

그의 뒷모습을 보면서 예리는 혜선이 저 사람을 본다면 얼마나 한 소리를 할까 생각하며 새어 나오는 웃음을 참지 못했다.

한 번쯤은 혜선과 극장에서 마주치지 않을까 생각했다. 다른 극장에서는 상영된 적이 없는 영화를 상영할 때나 다른 극장에서 상영이 다 끝난 영화를 상영할 때. 혜선이 필모그래피를 모두 좇던 배우의 신작 영화 포스터를 극장 로비에 붙이면서, 예리는 수없이 혜선을 마주치는 상상을 했다. 서로를 상실한 채였던 그동안의 시간은 잊은 듯이, 그저 반가워하는 모습으로만.

하지만 현실은 상상과 다른 모습으로 예리를 찾아왔다.

그날은 비가 많이 내렸다. 일기예보에서 긴 장마의 시작이라고 했다. 예리는 눅눅한 습기를 몰아내기 위해 상영관 안의 에어컨을 세게 틀었다. 금요일 마지막 회차의 영화가 곧 시작될 터였다. 예리는 영사실에 있었다. 자격증 시험을 준비할 때는 필름을 영사기에 거는 법도 배웠지만, 실제로는 디지털 파일을 클릭하는 것으로 충분했다. 영화 상영 전에 며칠 뒤 새롭게 개봉할 영화의 예고편이 스크린을 채웠다. 곧 그가 나타났다. 상영관 입구는 계단 가장 위쪽에 있었기 때문에 영사실에서는 그의 뒷모습만 보였다. 매번 같은 좌석이라 굳이 볼 필요가 없는데도 신중하게 티켓을 들여다보면서 자리를 찾고 있었다. 그리고 그의 옆에 혜선이 있었다.

뒷모습뿐인데도 단번에 알아볼 수 있었다. 그의 옆자리

에 혜선이 앉았다. 영화가 시작되었다. 관객은 둘뿐이었다.

* * *

　성희의 마지막 편지는 예리가 영사산업기사 자격증을
딴 뒤 첫 영사실 근무를 마친 날 도착했다. 어린 시절엔 책
을 읽고 독후감을 쓰거나 체험학습을 하는 등 어딘지 방학
숙제 같은 편지에 적힌 미션을 성공하면 작은 선물이 도착
했다. 그러다 예리의 부모가 오랜 기간의 과로로 건강이 안
좋아져서 급하게 세탁소를 정리하고 다른 도시로 이사를
가면서 미처 새 주소를 알리지 못해 펜팔이 끊겼었다. 시간
이 흘러 SNS의 친구 찾기 기능 덕분에 다시 연락이 닿았지
만 살갑게 연락을 주고받는 사이는 아니었다. 그런데 전화
도 문자메시지도 아니고 다시 편지라니? 예리는 기분 좋은
피로로 노곤한 몸을 침대에 누이고 봉투를 뜯었다.

　사랑하는 나의 조카, 예리에게.
　그동안 잘 지냈니? 아직 이모를 기억해주었으면 좋겠다. 마지막
미션을 보내니 부디 성공하길.
　마지막 미션: ○월 ○일 ○시, 홍대 놀이터 옆 엘리제를 찾아와 오랜

만에 보는 이모를 반가워하며 웃어줄 것.

　이런 걸 미션이라고 할 수 있나? 예리는 어리둥절했다. 이모를 만나면 당연히 반갑지. 이모도 참 실없기는. 그런 생각을 하며 극장에 휴가를 냈다. 오랜만에 다시 만난 이모 앞에서 마냥 반가워할 수만은 없으리라는 것을 모른 채.

　약속 장소에는 '장례식'이라고 적힌 안내문이 붙어 있었다. 성희가 활짝 웃고 있는 사진이 영화 포스터처럼 보였다. 문을 열고 들어가자 처음 보는 사람들이 예리를 환대했다. 예리는 그곳에 모인 모두가 최선을 다한 연기를 하고 있다는 걸 알았다. 그리고 기꺼이 그 장면에 합류했다.

　기억 속과는 전혀 달라진 모습의 성희 앞에서 예리는 마지막 미션을 쉬지 않고 머릿속으로 되뇌며 애써 웃을 수 있었다. 울지 않을 수 있었다. 그곳에 모인 다른 조카들도 예리와 같은 마음으로 웃고 있었다. 예리는 밝은 목소리로 성희에게 말했다.

　"내가 나중에 극장을 열면 이모는 VIP야. 아무 때나 무조건 와서 영화를 봐도 돼."

　"정말? 너무 좋다. 근데 예리야, 상영관 좌석 커버는 꼭 가죽으로 해라. 닦기 좋게. 천으로 하면 오염에 취약해. 의자들을 하나하나 뜯어서 세탁할 수도 없잖아."

"이모, 다 방법이 있거든. 걱정 마."

늘 그래왔듯이 엉뚱한 화제로 이어진 성희와의 수다는 재미있었다. 마지막이라는 아쉬움을 느낄 새도 없을 만큼.

영화는 1930년대 미국을 배경으로 재즈 클럽에서 공연하는 피아노 연주자가 주인공이었다. 마지막 장면에서 주인공은 부서진 피아노 앞에 주저앉아 눈물을 흘린다. 카메라는 멀리, 클럽의 유리창 바깥에서부터 그 모습을 잡아 점점 가까이 다가간다. 아주 가까이, 울고 있는 얼굴이 스크린에 가득 차면 'The End'라는 자막이 뜨고 엔딩 크레디트가 시작된다.

주인공이 피아노 앞에 주저앉는 순간부터 예리는 초조한 마음으로 영사실의 유리창 너머로 혜선의 뒷모습을 바라보았다. 곧 영화가 끝날 것을 눈치챈 옆자리의 사람은 금방이라도 몸을 일으킬 듯이 들썩이는데 혜선은 역시나 일어날 생각이 없어 보였다. 혜선이 여전함을 확인하는 건 반가운 일일까. 예리는 자신이 왜 자꾸만 웃음 짓게 되는지 알지 못했다. 아니, 알지 못한다고 생각했다. 그렇게 생각하고 싶었다.

하지만 엔딩 크레디트가 시작되고, 혜선이 옆자리의 사람과 함께 자리에서 일어났을 때, 그리고 그와 팔짱을 낀 채로 어둠 속을 움직이려고 할 때, 더는 자신의 마음을 부정할 수 없었다.

무슨 일이 벌어졌으면 하는구나. 이왕이면 나쁜 쪽으로.

그 생각과 동시에 예리는 상영관 안으로 안내 방송을 할 때 쓰는 마이크를 켰다.

"저기요."

혜선과 일행이 깜짝 놀라며 두리번거렸다.

"이 영화는 엔딩 크레디트 뒤에 쿠키 영상이 있습니다."

혜선이 영사실 쪽으로 고개를 돌렸다. 눈이 마주쳤을까. 예리는 그렇다고 느꼈다.

그런데, 그런데도 혜선은 다시 움직였다. 계단을 내려가는 혜선은 꼭 스크린을 향해, 영화 속으로 걸어가는 것처럼 보였다.

"중요한 쿠키 영상이 두 개나 있습니다."

예리가 다급하게 덧붙였지만 혜선과 일행은 그대로 상영관 밖으로 나갔다. 망설임 없이.

    엔딩 크레디트가 끝나고 예리는 상영관 안의 조명을
켰다. 그 빛 때문에 스크린 속의 쿠키 영상은 희미하게 보
였다.

구르는 재주

"이번에는 된다, 진짜!"

태리는 모든 일에 기세가 중요하다고 생각했으므로, 이메일 발송 버튼을 누르면서 기합을 넣듯이 "진짜!"라고 한번 더 외쳤다. 물론 지금까지의 기세도 부족하지는 않았고 계속 될 거라고 생각했지만, 진짜, 이번에는 될 것만 같았다. 99번의 낙방 끝에 100번째 도전에서 성공. 멋진 드라마다. 생각만 해도 기분이 좋았다. 뒤척이지도 않고 잠이 들었고, 꿈도 없이 개운하게 깨어났다. 잘 익은 사과 한 알을 깨끗이 씻어 먹고 출근했다.

그런데 또 낙방이라니. 도무지 인정할 수 없었다. 그래서 결과 발표 시각이 이미 지났다는 걸 알면서도 계속 휴대전화를 노려봤다. 당장이라도 허공에 이 바보들아, 하고 소리치고 싶었지만 그래서는 안 됐다. 지금은 근무시간이었다. 속으로는 자신의 재능과 실력을 알아보지 못하는 어리석은 이들을 향해 갖은 저주를 퍼부을지라도 겉으로는 평온한 표정을 유지해야 했다. 태리는 입가에 은은한 미소를 띤 채, 애꿎은 휴대전화를 향해 강렬한 눈빛만 쏘아댔다. 야, 얼른 울려. 아직 안 늦었다니까. 지금이라도 전화벨이 울리고 기다렸던 소식이 전해지기만 한다면 방금 전까지 떠올렸던 부정한 말들은 다 철회하고, 세상 사람들이 신이라고 여기는 모든 존재에게 최선을 다해 감사를 표할 준비가 되어 있었다.

"태리 씨, 교대하자."

어느새 다가온 동료가 태리의 어깨를 가볍게 두드렸다. 벌써 2시라니. 발표 시각은 12시였다. 태리의 휴대전화는 여전히 잠잠했고 이젠 정말 물 건너갔다는 걸 인정해야 했다. 태리는 동료에게 오전에 있었던 일들을 간단히 설명하며 인수인계를 했다.

"꽃바구니는 7층. 전무님 비서가 이따 찾으러 온대. 신분증 맡기고 들어간 방문자는 4층에서 회의하러 온 사람들뿐인데 곧 나올 때 됐어."

태리는 P그룹 본사 빌딩 1층 안내 데스크에서 아침 7시부터 오후 2시까지 7시간 동안 오전 담당으로 일했다. 퀵 서비스 물품을 대신 받거나 보내고 방문자들의 용건을 확인하고 임시출입증을 발급해줬다. 공용 차량의 주차장 입출을 기록하고 차 키를 보관했다. 영업부가 몇 층인지 묻는 사람에겐 5층이라고 알려주고, 아무개 과장이 어디서 일하는지 물으면 그런 건 알려줄 수 없다고 대답했다. 그 모든 일을 하면서 계속 웃으며 인사하는 일. 그게 태리의 일이었다. 근무시간이 끝나 오후 담당 동료가 교대를 해주면 빌딩 지하 구내식당에서 점심을 먹은 뒤 퇴근했다.

"다른 일은 없었고?"

"없었어."

"그런데 왜 그래?"

"뭐가?"

"눈이 아주 이글이글한데?"

이 일을 한 지도 벌써 3년. 덕분에 어떤 상황에서도 웃는 얼굴을 유지하는 건 어렵지 않았지만 마음속에서 일렁이는 감정이 눈에 비치는 것까지 막을 수는 없었다.

"별일 아냐. 그럼 수고."

입맛은 없었지만 끼니를 거를 정도의 상심인가 따져보면 그건 아니었다. 마음이 허할수록 배를 더 든든하게 채워야지. 맞지, 맞고 말고. 태리는 고개까지 끄덕이며 자기 자신에게 적극적으로 맞장구를 쳐주었다.

"여사님, 저 요거트 샐러드 하나 더 가져가도 돼요?"

구내식당은 1인분씩 그릇에 담긴 반찬들 중에 원하는 반찬 세 개를 골라 쟁반에 담아 가는 셀프 배식 시스템이었다.

"두 개 더 가져가도 돼. 태리 씨, 오늘 무슨 일 있어?"

태리는 사양 않고 요거트 샐러드를 두 개 더, 총 세 개를 쟁반에 올렸다. 생선튀김과 열무김치가 미리 올라가 있던 쟁반 위가 그릇들로 빼곡하게 복닥거렸다.

"별일 아니에요. 감사합니다."

자리를 잡고 앉은 태리는 주머니에서 무선 이어폰을 꺼내 귀에 끼웠다. 지난 일주일간 천 번도 넘게 재생한 노래가 흘러나왔다. 빠른 비트의 전자음에 얹힌 발랄한 목소리가 '탁'과 '퍽'의 중간인 애매한 발음의 단어를 반복했다. 태리가 받은 100번째 데모곡 'Talk'. 가사 시안 제출 기한은 어제 아침이었고, 그 채택 결과 발표가 오늘 낮 12시였다.

프로 작사가를 꿈꾸며 작사 학원에 다닌 지도 1년이 넘었다. 처음 3개월은 기초 이론을 배웠고 다음 3개월은 데뷔를 목표로 집중 수업을 받았다. 함께 시작한 동기들이 하나둘 가사가 채택되어 데뷔하는 동안 태리는 낙방을 거듭했다. 댄스, 발라드, 힙합, 트로트…… 가리지 않고 열심히 썼지만 하나도 채택되지 않았다. 6개월의 수강 기간이 끝나자 학원에서는 될 때까지 책임을 지겠다며 추가 수강료 없이 계속 수업을 들어도 된다고 했다. 원장은 특히나 안타까워하며 "태리 씨 괜찮게 쓰는데…… 뭔가 한 방만 있으면 될 거 같은데……"라고 말해서 태리를 착잡하게 했다.

결정적인 한 방. 그걸 태리도 모르는 게 아니었다. 스스로 느끼기에도 기세만으로 채울 수 없는 뭔가가 부족했다. 하지만 이번에는 다르다고 생각했다. 어제 보낸 시안은 정말 마음에 들었다. 데모곡 멜로디에 얹어 불러봤을 때도 아주 짝 달라붙듯이 어울렸다. 이번에야말로 진짜라고 생각했다. 그런데 이번에도 실패라니. 벌써 100번째 실패였다. 곱씹을수록 100이라는 숫자에서 느껴지는 완결성이, 이제 그만 포기하라고 태리에게 선고하는 것 같았다.

* * *

"포기하지 마!"
"포기할래!"
"한 번만 더 하면 이번에는 된다, 진짜!"

"이번에도 안 된다고, 진짜!"

지나가던 사람들이 다투듯이 목소리를 높이는 두 사람을 어리둥절하게 쳐다봤다. 그도 그럴 것이 그곳은 한낮의 놀이터였다. 일생일대의 도전을 앞둔 이들처럼 대화를 나누고 있지만 둘은 모래밭 위에 매트 대신 돗자리를 펼치고 구르기 연습을 하고 있을 뿐이었다.

초등학교 5학년인 태리는 도무지 똑바로 구를 수가 없었다. 자꾸만 몸이 옆으로 쓰러졌다. 아침 일찍부터 시작했는데 점심때가 지나서도 한 번을 성공하지 못했다. 몸을 둥글게 말고 팔을 앞으로 뻗는 동시에 머리를 안쪽으로 넣으면서 발을 힘차게 차면서…… 몇 번이나 같은 말을 반복하는 성희에게 짜증만 났다.

"이모, 그만해! 나도 어떻게 하는 건지 알아! 아는데 안 된다니까!"

태리는 누워버렸다. 돗자리 위가 아니라 모래밭에 그냥 드러누웠다. 땀 때문에 모래가 피부에 와르르 달라붙었지만 상관없었다. 내일이 체육 실기 시험일이었다. 같은 반 아이들이 보는 앞에서 볼썽사납게 매트 밖으로 내팽개쳐질 일만 남았다. 다른 애들이 앞구르기를 마치고 뒤구르기도 하고 구르면서 다리를 양쪽으로 벌려 일어서기도 하며 가

산점을 향해 도전할 동안 태리는 한구석에 물러서서 비참
해질 일만 남은 것이다. 태리가 알기로 반에서 앞구르기조
차 못 하는 건 자신뿐이었다.

"태리야. 중요한 건 기세야. 안 된다고 생각하면 안 되
는 수밖에 없어. 된다고 생각해야 진짜 돼. 내가 안 될 리가
없는데? 무조건 되는데? 세상한테도 알려주고 너도 알고
있어야 해."

태리는 성희의 말을 이해하지 못했다. 누워서 바라본
하늘은 파랗고 높았다. 비행기가 지나간 흔적이 길게 하늘
을 가르고 있었다. 얼마쯤 그러고 있었을까. 주위가 너무 조
용해서 태리는 벌떡 일어났다. 성희는 돗자리에 앉아 태리
를 바라보고 있었다.

"가자, 기세를 높이려면 우선 밥 좀 든든하게 먹어야겠
다."

"안 먹고 싶어."

"밥을 기분으로 먹으면 안 돼."

태리는 마지못한 척 성희가 내민 손을 잡았다. 사실 아
까부터 배에서 꼬르륵 소리가 나고 있었다.

태리는 돈가스를 먹었다. 매운맛 반, 보통맛 반을 주는
메뉴가 있었다. 곁들여 나오는 마카로니 샐러드가 돈가스

보다 더 맛있었다. 성희는 생선가스를 먹었다. 데미글레이스 소스 말고 타르타르 소스가 먹고 싶어서라고 했다. 다 먹을 때쯤 가게 한쪽에서 텔레비전을 보던 사장님이 디저트라며 참외를 몇 조각 가져다주었다.

성희가 배가 부른 상태로 구르면 위험할 수도 있다며 소화를 시키자면서 돈가스 가게 근처의 쇼핑센터로 향했다. 구경만 하자던 성희는 셔츠 두 벌을 샀고 태리에게도 멜빵바지와 운동화를 사 줬다.

"소화 다 됐니?"

"아직."

이젠 굴러봐도 될 것 같았지만 그러고 싶지 않아서 태리는 여전히 배가 부르다고, 아무래도 너무 많이 먹은 것 같다고 덧붙였다. 트림하는 시늉도 했다.

쇼핑센터 꼭대기 층에 극장이 있었다. 마침 고전 동화를 재해석한 애니메이션이 상영 중이었다. 소화가 될 시간을 벌기 위한 관람이었으므로 팝콘과 콜라는 사지 않았다. 상영관은 절반쯤 찼는데 대부분이 어린아이와 그 보호자였다. 태리는 애니메이션이 조금 시시하다고 생각했고, 옆자리의 성희가 훌쩍여서 부끄럽기까지 했다. 하지만 하이라이트 장면에서 흘러나온 노래는 좋았다. 시간이 많이 흐른 뒤에도 이따금 찾아 들곤 했다.

밖으로 나오니 사방이 어두워져 있었다. 태리는 덜컥 불안해졌다. 여전히 앞구르기는 못했고, 내일이 시험이라는 사실도 변하지 않았다. 이대로 아무런 준비 없이 내일을 맞아야 한다는 게 두려웠다.

"이게 뭐야. 너무 늦었잖아."

성희는 괜찮다고, 놀이터엔 가로등이 켜져 있을 테고 해가 져서 덥지도 않을 테니 연습하기 더 좋을 거라고 말했다.

"그리고 아까 많이 해봤으니까 이젠 정말 성공할 일만 남았지."

넘어질 수 있는 모든 방법으로 다 넘어져봤으니까, 어떻게 하면 넘어지는지 확실하게 알았으니까, 넘어지는 길을 피해서 데구루루 굴러서 착, 성공할 거라고. 성희가 쾌활한 목소리로 말할수록 태리는 울고 싶었다. 그래도 안 되면, 그럼 어떡해?

"아냐, 됐어. 그냥 갈래."

태리는 앞장서서 터덜터덜 집을 향해 걸었다. 성희가 한 발짝 뒤에서 같이 걸어주었다.

집에 가까워질수록 태리의 두려움도 점점 커졌다. 차

라리 확 넘어져서 발목이라도 삐었으면. 그런 핑계로라도 실기 시험을 피할 수만 있다면. 이런저런 상상을 하는 동안에도 다리는 착실하게 움직여서 태리를 집 앞에 데려다 놓았다.

"정말 연습 더 안 해도 괜찮아?"

"괜찮아."

"정말?"

태리는 아니라고 대답하기 싫었다. 그래서 인사도 하지 않고 성희와 헤어졌다. 도망치듯이 낡은 연립주택의 계단을 뛰어올랐다. 질긴 끈에 묶어 목에 걸고 다니는 열쇠로 현관문을 열고 캄캄한 집 안으로 들어섰다. 쿵쿵 발소리를 내며 방으로 갔다. 그리고 도대체 왜 그랬는지 모르겠지만, 침대 매트리스 끝에 두 손을 짚고 그대로 발로 바닥을 찼다.

굴렀다. 데구루루. 옆으로 넘어지지 않고 그대로 앞으로 굴렀다. 머릿속에서 짝짝짝, 박수 소리가 들렸다.

창문을 열자 성희가 아직 집 앞에 서 있었다.

"이모, 나 굴렀어!"

태리를 향해 성희가 엄지손가락을 척 들어 보였다.

그래, 100가지 실패의 방법을 알았으니 다음엔 성공하는 수밖에. 태리는 세 번째 요거트 샐러드 그릇을 바닥까지 삭삭 야무지게 긁어 먹으며 마음속으로 선언했다. 다음엔 된다, 진짜. 되는 수밖에 없으니까. 알았냐, 세상아. 알겠냐, 태리야.

산뜻해진 기분으로 집으로 향했다. 마감 기한 맞춘다고 미뤄두었던 집안일들을 해치울 생각이었다. 우선 세탁기부터 돌리고 청소하고 설거지하고 빨래 널고…… 머릿속으로 최적의 동선을 정리하는데 휴대전화가 울렸다. 작사 학원 동기들과의 단체방 알림이었다. 메시지 내용을 확인한 태리는 당분간 어수선한 집을 감수하기로 했다.

— 메일 확인했어요? 이번 데모 대박. 아쿠아 신곡!

아쿠아. 10년 전 혜성처럼 등장한 여성 솔로 가수. 데뷔 이래로 한결같이 푸른색으로 염색한 머리카락이 트레이드마크. 직접 작곡한 곡들은 발표하는 족족 음원차트 1위를 기록했으며, 특히 대표곡이라고 할 수 있는 〈파랑의 별〉은 인기 드라마의 OST로 삽입되어 드라마 수출과 함께 해외에서도 인기를 끌었다. 방송 출연은 하지 않고 라이브 공연만 고집하기로 유명했다. 독보적인 개성에 대중성까지 놓치지 않고 사랑받는 가수, 스타, 아티스트. 당연히 태리도 아쿠아의 팬이었다. 아쿠아의 신곡을 작사한다니. 여러모로 대박이긴 했다.

아쿠아는 자신의 모든 노래를 직접 작곡했지만 작사는 하지 않았다. 어느 인터뷰에서 그 이유를 묻자 자신의 곡에 가장 어울리는 노랫말을 붙여주는 믿음직한 파트너가 있기 때문이라고 밝혔다. 작사가 '라메'. 아쿠아의 모든 곡을 작사한 사람.

—라메는 어쩌고 가사를 모집하는 걸까요?

—그게 뭐 중요한가요?

—우리한테 기회가 왔다는 게 중요하죠.

—그러네요. 궁금하긴 하지만…… 그게 문제는 아니죠.

라메에 대해서는 활동명 외에는 알려진 바가 없었다. 많은 매체에서 인터뷰를 시도했으나 연락처조차 알 수 없었다. 아쿠아는 라메가 대중의 관심을 원하지 않는다고 전했다. 라메는 아쿠아가 아닌 다른 가수의 노래를 작업하지 않았다. 아쿠아의 연인이 아닐까 하는 추측이 있었지만 아쿠아가 몇 번의 공개 연애와 이별을 거치는 동안 흐지부지 사라졌다. 누군가 관심을 끌기 위해 아쿠아가 만든 가상의 인물이라고 주장하기도 했다. 그 말은 제법 그럴듯했다. 아쿠아의 곡들은 멜로디와 가사가 함께 태어난 것처럼 느껴졌으니까.

하지만 태리는 아니라고 믿었다. 아쿠아의 팬이기도 했지만 라메의 팬이기도 했기에 둘은 분명 다른 사람이라고 확신했다.

작곡 아쿠아, 제목 〈안녕〉, 가사 시안 마감은 2주 뒤. 데모곡은 슬프고 아름다웠다. 가이드의 목소리는 당연히 아쿠아였다. 지금까지 언제나 그랬을까, 아니면 이번에만 그런 걸까. 모든 음절이 '아'로 반복되었다. 작사에 앞서 가장 먼저 해야 할 일은 데모곡을 듣고 가사를 붙일 음절의 수를 세는 일이었다. 흔히 '자수를 딴다'고 표현했다. 아아아 아 아아아. 자수를 따기 위해 집중해서 듣다 보니 후렴구에는 애써 울음을 참는 듯한 숨소리가 섞여 있었다. '안녕'은 만남의 인사가 아니라 이별의 인사인 듯했다.

태리는 잠을 잘 때도 밥을 먹을 때도 아쿠아의 데모곡을 들었다. 다른 사람들에겐 어떨지 몰라도 태리에게 2주는 가사 시안을 완성하기에 넉넉한 시간은 아니었다. 근무 중에도 볼륨을 줄인 무선 이어폰을 한쪽에 꽂고 머리카락으로 귀를 가렸다. 어떤 이별 이야기가 〈안녕〉의 화자에게 어울릴까, 아쿠아의 목소리로 전하는 이별의 인사는 누구를 향하면 좋을까. 그런 생각들을 골똘히 하면서도 겉으로는 전혀 티 내지 않고 평소와 같은 얼굴로, 입가에 살짝 미소를 띤 채로 안내 데스크를 지켰다.

그렇게 일주일이 흘렀다. 어느새 이어폰을 꽂지 않아도 머릿속에는 아쿠아의 데모곡이 늘 흘렀다. 이쯤이면 노래에 담길 이야기를 정하고 본격적인 가사 쓰기에 들어가야 하는데 도무지 시작이 안 됐다. 퍼뜩 아이디어가 떠올랐다가 이내 자신이 없어졌고, 이번엔 진짜 괜찮다 싶다가도 곧 너무 유치하게 느껴졌다. 동기들 중에는 벌써 가사를 제출했다는 사람도 있었다.

— 다들 작업 잘되세요? 전 벌스가 도통 안 나오네요.

— 저는 브리지가 안 풀리네요.

— 전 오늘 보냈어요. 다들 파이팅!

— 우와, 엄청 빠르시네요!

— 다행히 써둔 가사랑 데모 느낌이 딱 맞더라고요. 자수 따보니 얼추 맞길래 정리 좀 했죠.

태리도 미리 써둔 가사들을 데모곡에 맞춰 고쳐서 제출한 적이 있었다. 단어들의 조합이 독특하거나 발음이 매끄러운 문장들을 메모해두었다가 쓰기도 했다. 하지만 아쿠아의 이번 데모곡은 그럴 수가 없었다. 오직 이 데모만을 위한 새로운 가사를 써야 한다는 생각이 들었다. 노래를 들으면 들을수록 이전에는 한 번도 떠올리지 못했던, 상상조차 할 수 없었던 어떤 감정이 담겨 있는 것이 느껴졌다.

태리가 가사를 쓰기 시작한 건 마감 기한 직전이었다. 정확히 딱 1시간을 남기고, 이메일 작성 창에 단번에 적어 내려간 가사를 다시 확인도 하지 않고 발송했다.

미리 말하자면, 그 가사는 채택되지 않았다. 그 대신……

다시, 마감까지 일주일이 남았던 어느 날로 돌아가서. 태리는 퇴근길에 우편함에 꽂힌 봉투를 발견한다. 오래간만에 성희 이모가 보낸 미션 편지였다.

* * *

　태리와 성희가 처음 만난 건 태리의 돌잔치에서였다고 한다. 태리에게는 기억에 없는 일이다. 태리 엄마의 직장 동료였던 성희는 회사 직원들을 대표해서 돌 반지를 전하기 위해 참석한 손님이었다. 분명 처음에는 그랬다. 그런데 공교롭게도 그날 아침부터 강한 비구름을 동반한 초대형 태풍이 전국을 강타했다. 생일이 8월 초였기 때문에 태리는 자라면서 생일에 몇 번 더 태풍을 만났지만 돌잔치 때의 태풍이 그중 가장 강한 녀석이었다.

　손님들은 물론이고 친지들도 참석이 어려울 것 같다고 연락을 해왔다. 태리 엄마는 돌잔치를 열기로 한 연회장에 전화를 걸었지만 야외 행사가 아니기 때문에 지금 취소하면 예약금을 환불해줄 수 없다는 답변을 들었다. 예약금은 적지 않은 금액이었고, 태리가 입을 한복과 태리의 부모가 입을 한복과 3단 떡케이크와 기타 등등에도 돈이 꽤 들어간 터였다. 태리 엄마는 결연히 선언했다.

　"한다. 그냥, 해."

　그리하여 태리의 돌잔치에는 태리의 부모와 몇몇 친인척 그리고 돌잔치 장소에서 가장 가까운 곳에 살고 있었기

때문에 회사 대표로 돌 반지 전달의 임무를 맡게 된 성희만
이 참석하게 되었다. 태리 엄마는 성희를 보자마자 덥석 두
손을 붙잡고 말했다.

"성희 씨, 마이크 좀 잡자."

연회장에서 고용한 전문 사회자가 태풍으로 오지 못했
다고 했다.

"그 사람 인건비만큼 예약금 환불해준다는데, 그거 성
희 씨 줄게."

어차피 다 가족들이고, 식순도 정해져 있으니 진행만
해주면 된다는 말에 성희는 고개를 끄덕였다. 태리 엄마는
성희의 사수였고, 성희로서는 그간 받은 도움에 보답할 수
있는 기회이기도 했다.

"지금부터 사랑하는 태리의 돌잔치를 시작하도록 하겠
습니다."

갓 태어났을 때부터의 모습이 담긴 성장 영상 위로 태
리의 부모가 직접 쓴 육아 일기의 문장들이 떠올랐다. 처음
눈을 맞춘 날과 몸을 뒤집은 날, 기기 시작한 날, 알아들을
수 있는 말을 하기 시작한 날…… 너무나도 작고 여린 존재
가 한 명의 작은 사람이 되어가는 과정은 감동적이었다. 매
순간마다 감정을 솔직하게 적은 태리 부모의 육아 일기 때

문이기도 했다. 스피커가 제대로 작동하지 않은 탓에 미리 녹음해둔 태리 부모의 음성 대신 하나뿐인 마이크를 잡은 성희가 육아 일기의 문장들을 읽어야 했다. 그러다 보니 그 마음에도 동화가 되어버린 걸까. 그날 처음 본 태리라는 아기가 성희에게도 무척이나 소중하게 느껴졌다.

태리는 돌잡이에서 한 손으로는 실을, 다른 손으로는 돌잡이 물건들이 올라간 쟁반을 들고 있던 성희의 머리카락을 잡았다. 가늘고 긴 걸 좋아했던 모양이었다. 그 모습이 사진으로 남아 성희는 두고두고 태리에게 말하곤 했다. 보라고, 네가 이모를 직접 선택했다고.

태리가 깔끔한 앞구르기로 체육 실기 시험 만점을 받았다고 자랑하자 성희는 봉투를 하나 내밀었다.

"이게 뭐야?"

"앞으로 네가 하게 될 미션."

첫 번째는 휘파람 불기였다. 두 번째는 자전거 타기. 세 번째는…… 모두 태리가 시도했지만 성공하지 못하고 포기한 것들이었다. 앞구르기도 성공했으니까, 그 기세로 다 해치우자고 했다. 체육 선생님께 구르기 자세도 칭찬받고 다른 반 수업 시간에 시범까지 보이고 온 터라 태리는 뭐든 해낼 수 있을 것 같았다. 그래서 기세 좋게, "할게!"라고 대답했다. 그리고 그렇게 시작된 미션을 정말 모두 해냈다.

* * *

사랑하는 나의 조카, 태리에게.

너에게 마지막 미션을 보낸다. 이 미션을 성공하면 너는 보상으로 나의 유산을 받게 될 거야.

마지막 미션: O월 O일 O시, 홍대 놀이터 옆 엘리제에서 열리는 장례식의 사회를 맡으시오.

태리는 장례식이라는 말에 자신이 알고 있는 뜻 말고 다른 뜻이 있나 싶어 혼란스러웠다. 누구 장례식이지? 장례식에도 사회가 있나? 대체 뭔 소리야. 게다가 미션 편지에 적힌 날짜는 아쿠아의 데모곡 가사 제출 마감 전날이었다. 태리는 소정에게 전화를 걸었다.

"너도 받았어? 마지막 미션?"

소정은 태리와 마찬가지로 성희의 미션 편지를 받는, 성희를 이모라고 부르는 조카들 중 한 명이었다. 어느 겨울 미션 보상으로 조카들이 다 같이 스키장에 갔을 때 친해져서 계속 연락을 주고받는 사이였다.

"태리야, 놀라지 말고 들어."

소정의 목소리는 침착했지만 전하는 내용은 담담할 수 없는 이야기였다. 태리는 문득 휴대전화를 댄 귀의 반대쪽 귀로 손을 가져다 댔다. 혹시 이어폰을 꽂고 있나 싶어서. 머릿속에 아쿠아의 목소리가 들려서.

태리는 데모곡의 가사 시안을 쓰는 대신 성희의 장례식 식순을 짰다. 소정과 함께 다른 조카들에게 연락해서 성희와의 추억이 담긴 사진을 받았다. 입학식, 운동회, 학예회, 생일, 소풍, 휴가…… 조카들의 수많은 추억의 순간에 성희가 있었다. 그중 태리의 돌잔치에 왔던 성희가 제일 젊었다. 지금의 조카들보다도 나이가 어린 성희. 이런 날을 상상하지 못했을 성희.

어떤 상황에서도 웃으면서 인사하는 건 태리가 너무나 잘하는 일이었기에, 태리는 성희의 장례식장 입구에 서서 초대장을 들고 찾아온 사람들을 안내했다.

"저쪽에 가시면 커피를 받으실 수 있어요. 드시고 싶은 메뉴로 주문하시면 돼요. 편하게 계시다가 식이 시작된다는 안내 방송이 나오면 자리에 앉아주세요."

어떤 손님은 성희가 좋아하는 복숭아를 여러 상자 들고 왔고, 어떤 손님은 차마 안으로 들어가지 못하고 태리에게 편지와 돈이 든 봉투를 전해달라고 부탁했다. 성희의 초대 장 문구에 덧붙여 쓴 문장들이 보였다.

그동안 고마웠습니다.
　저도 고마웠어요.
서로의 얼굴을 보며 끝인사를 하고 싶습니다. 저를 만나주세요.
　얼굴을 보면 울지 않고 말할 자신이 없어 이렇게 글로나마 인사를 전해요.

무언가를 더 썼다가 지운 흔적이 남아 있었다. 태리는 지워진 문장을 성희는 알아볼 수 있을 거라고 생각했다.

한복을 곱게 차려입은 손님도, 눈물을 흘리며 골목길을 걸어오다가 입구에 와서야 급하게 닦아내는 손님도, "성희야!" 반갑게 외치며 들어오는 손님도 있었다.

"지금부터 사랑하는 성희 이모의 장례식을 시작하겠습니다. 참석하신 손님들은 모두 가까운 의자에 앉아주십시오."

엘리제의 한쪽 벽면에 스크린이 설치되어 있었다. 그곳

에 성희와 조카들의 사진이 떠워졌다. 뒤늦게 도착한 한 손님이 입구에 멈춰 선 채 스크린을 바라보았다. 모자를 눌러 쓰고 선글라스와 마스크까지 쓰고 있었지만 어쩐지 익숙한 느낌이었다. 태리는 그에게 빈자리를 알려주려고 다가갔다. 그리고 모자 안쪽에 감춘 그의 푸른색 머리카락을 보았다.

시간이 흐른 어느 날, 태리에게 성희의 변호사로부터 전화가 걸려왔다. 유산을 받기 위해서는 작성해야 할 서류들이 있다고 전했다.

"이모의 유산이 정확히 뭔지 여쭤봐도 되나요?"

"간단히 말하자면, 통장이에요. 앞으로 일정한 기간 동안 계속 숫자가 늘어날 통장이죠."

태리가 어렴풋이 추측했듯이, 그건 저작권 수익이 들어오는 통장이었다. 작사가 '라메'로 활동했던 성희의 저작권 관리를 맡는 것이 태리가 받게 될 유산이었다. 조금 더 시간이 흐른 뒤에 말이다.

성희의 장례식은 조카들이 준비한 1부와 친구들이 준비한 2부에 이어, 찾아온 손님들이 성희에게 하고 싶은 말을 한마디씩 하는 3부까지 진행됐다. 그리고 성희가 피곤하다며 먼저 자리를 떠난 뒤에도 밤이 깊을 때까지 이어졌다. 그러다 결국은 눈물이 아닌 하품이 번져서 마무리됐다.

다음 날, 태리는 아침 일찍 잠에서 깼다. 가만히 눈을 뜬 채로 천장을 바라보았다. 얼마나 그러고 있었을까. 문득 사방이 너무나 고요하다는 생각이 들었다. 자리에서 일어나 시계를 보니 가사 제출 기한까지 한 시간이 남아 있었다.

태리는 책상에 앉아 노트북을 켰다. 이메일 작성 창을 켜고 데모곡의 가사를 쓰기 시작했다. 단번에 적어 내려간 가사를 다시 확인하지도 않고 발송했다.

그 가사는 채택되지 않았다. 아쿠아는 어떤 가사도 채택하지 않았다. 그 노래를 가사 없이 발매하기로 했다며 양해를 부탁한다는 내용과 함께 가사 시안을 보낸 모두에게 작업료를 주겠다고 회신했다.

태리가 받은 메일에만 첨부 파일이 있었다. 아쿠아가 태리의 가사로 부른 노래였다.

그 노래에 대해 태리는 아쿠아에게 묻는다. "제가 이모의 조카라는 걸 알고 보내셨던 거예요?" 아쿠아는 대답한다. "아니, 몰랐어."

이 대화도 조금 더 훗날의 것이다.

태리는 108번째 데모곡에 제출한 가사 시안이 채택되어 작사가로 데뷔했다. 안내 데스크 일을 그만두진 않았고, 가끔 마감 기한이 촉박할 때는 몰래 한쪽 귀에 이어폰을 꽂고 머리카락으로 가렸다.

파도가 온다

9시간의 비행 동안 소정은 내내 멀미를 했다. 이륙과 동시에 찾아온 울렁거림은 스튜어디스에게 받은 멀미약을 먹어도 진정되지 않았다. 비행기를 타는 게 처음도 아닌데 왜 하필 직항 퍼스트클래스에서 멀미가 난단 말인가. 기내에서 제공되는 와인 리스트까지 알아보고 왔건만. 억울한 일이었지만 물만 마셔도 속이 불편해서 기내식은 옆자리의 지민에게 넘겨줄 수밖에 없었다.

지민은 야무지게 2인분의 기내식을 해치웠다. 후식으로 나온 아이스크림은 한 번 더 추가해서 먹기까지 했다.

"엄청 잘 먹네요."

"엄청 맛있어요."

부러움이 담긴 소정의 말에 지민은 씩 웃으며 발랄하게 대꾸했다. 그리고 비행기에서 휴대전화 전원을 켜도 되나고 물었다.

"비행기 모드로 하면 돼요."

"와, 그게 진짜 비행기에서 쓰는 거였군요."

지민이 소중하게 품에 안고 있던 작은 가방에서 휴대전화를 꺼냈다. 전원이 켜지자마자 재빨리 비행기 모드 버튼을 눌렀다. 그리고 사진을 찍기 시작했다.

"빈 접시는 뭐 하러 찍어요? 아까 음식 있을 때 찍지."

"맛있게 먹었다는 사실을 남겨두려고요."

지민은 사진을 몇 장 더 찍고는 메모장 앱을 켜서 꽤나 긴 문장을 입력했다. 여러 차례 지우고 고치면서. 지민의 첫 비행이었고, 첫 해외여행이었다. 모든 것이 추억이 될 터였다. 그 모습을 보면서 소정은 자신의 첫 해외여행을 떠올렸다.

대학교 신입생 때였다. 한 학기 동안 아르바이트를 한 돈을 모아서 여름방학이 되자마자 친구들 세 명과 일본에 갔다. 부산항에서 오사카항으로 가는 배를 타고서. 페리선의 4인실을 대학생 할인 요금으로 예약하면 비행기표 가격보다 훨씬 저렴했다. 비행기로 1시간 거리를 12시간에 걸쳐 가긴 했지만. 그때는 남는 게 시간이었고 돈은 아끼면 아낄수록 좋았다. 바다의 국경을 넘는 한밤에, 갑판 위에서 친구들과 마셨던 맥주는 얼마나 환상적이었던가. 그날 소정은 길고 긴 일기를 썼다.

호놀룰루 공항에 도착하니 아침 10시였다. 한국은 찬 바람이 부는 11월이었지만, 하와이는 늘 그렇듯 여름이었다. 이제 막 도착한 사람들과 곧 떠날 사람들을 볕에 그을린 피부로 구분할 수 있었다. 소정과 지민은 기념품점에서 슬리퍼를 하나씩 샀다. 붉은 히비스커스 조화가 장식된 슬리퍼를 신고 호텔 셔틀버스 정류장으로 향했다. 버스가 올 때까지는 시간이 좀 남아 있었다.

― 미션 완료!

셔틀버스 정류장 근처의 카페에서 소정은 성희에게 메시지를 보냈다. 지민은 파인애플 스무디가 담긴 커다란 유리잔을 들고서 이리저리 각도를 바꿔가며 셀카를 찍느라 바빴다.

* * *

사랑하는 나의 조카, 소정에게.

너에게 마지막 미션을 보낸다. 이 미션을 완료하면 너는 내 유산을 받게 될 거야.

성희에게서 미션이 도착한 건 일주일 전이었다. 서지민과 함께 하와이에 갈 것. 지민의 휴대전화 번호가 적혀 있었고, 편지 봉투 안에는 퍼스트클래스 왕복 비행기표 두 장이 들어 있었다.

소정은 별다른 망설임 없이 전화부터 걸었다. 그동안 다른 조카들을 돕는 미션을 몇 번 받은 적이 있었기 때문에 지민도 자신처럼 성희의 조카이겠거니 생각했다. 미션 편지에 적힌 유산이라는 말은 대수롭지 않게 여겼다. 은유적인 표현일 거라고. '마지막 미션'에 따르는 보상으로 '유산'보다 적절한 건 없지. 웃으며 넘겼다.

"서지민 씨 번호 맞나요? 성희 이모가 연락처를 주셔서 전화했어요."

"네? 누구시라고요?"

되묻는 목소리 너머로 파도 소리가 들려왔다.

"혹시 최성희 씨 모르세요?"

어, 그게 누구더라, 지민이 기억을 되새기는 듯 혼잣말로 중얼거렸다. 소정은 미션 편지를 다시 살펴봤다. 맞는 번호였다.

"같이 하와이에 가라고 하던데."

"하와이! 저예요, 저 맞아요!"

그제야 지민의 목소리에서 어린 티가 났다.

다음 날 소정은 강릉 금진 해변에서 지민을 만났다. 지민의 친척이 운영한다는 '금진소리'는 1층은 서핑용품점을 겸하는 카페, 2층부터 3층까지는 게스트하우스였다. 지민이 케일과 사과를 갈아서 주스를 만들어 왔다.

"카페이긴 한데 커피 메뉴는 없어요. 웃기죠?"

열여섯 살 서지민은 자기가 정말 행운의 주인공이 될 줄은 몰랐다고 했다. 학교 선생님의 추천으로 장학재단에 멘토링 신청서를 보내긴 했지만, 형식적인 일이라고 생각했다고. 소정도 지민이 그런 사정으로 성희와 연이 닿은 줄은 상상도 못 했기 때문에 당황스러웠다. 자신에게 중학생의 해외여행 보호자 역할을 맡기는 게 미션이었다니.

"하와이에는 왜 가고 싶은 거예요?"

"지금이 대회가 많이 열릴 때거든요. 전 세계 서퍼들이 하와이로 모여요. 그 사람들이 파도 타는 걸 제 눈으로 직접 보고 싶어요."

지민이 팔을 움직여 파도를 헤치는 시늉을 했다. 지민의 팔에는 여기저기 서프보드에 찍힌 듯한 흉터가 있었다.

"서퍼가 되고 싶어요?"

"전 이미 서퍼인데요?"

지민이 자신의 서프보드를 소정에게 보여주었다. 바닥에 지민의 이니셜이 새겨져 있었다. 친척이 서핑용품점을 하긴 하지만 공짜로 얻은 건 아니고 카페와 게스트하우스에서 일해서 모은 돈으로 산 것이라고 했다. 한겨울만 빼고는 날씨만 허락한다면 매일 바다에 나간다고 덧붙였다.

"저랑 거의 한 몸인데. 얘도 하와이에 같이 갈 수 있을까요?"

지민의 반짝이는 눈동자를 보며 소정은 예전엔 자신도 '거의 한 몸'이라고 생각한 물건이 있었다는 걸 떠올렸다. 그리고 왜 성희가 자신에게 이 미션을 주었는지도 알 것 같았다.

* * *

소정과 지민, 지민의 서프보드는 셔틀버스를 타고 성희가 예약해둔 호텔에 도착했다. 와이키키 해변이 내려다보이는 고층 객실에서 지민은 매 순간 숨기지 않고 감탄했다.

"와, 침대가 세 개예요! 하나는 보드 눕혀줄까요?"

"헐, 저기 파도 보이세요? 장난 아니다, 진짜!"

"여기 과일도 있어요! 먹어도 되겠죠?"

출발할 때부터 지금까지 한숨도 안 잔 거 같은데 어쩜 저렇게 쌩쌩한지. 소정은 지민의 체력에 감탄하며 테이블에 놓인 오렌지 껍질을 벗겼다.

"우선 집에 연락하고, 선생님께도 잘 도착했다고 알려드려요. 그리고 내려가서 점심 먹은 다음에……."

대답 대신 화장실에서 세면대 물소리가 들렸다. 그리고 곧 지민이 서핑복을 입고 나왔다.

"집에 연락했고, 선생님께도 사진 보내드렸고, 전 배 안 고파요. 서핑하러 가도 되죠?"

제 몸보다 훨씬 커다란 서프보드를 들고서 지민이 바다를 향해 달려나갔다. 해변의 모래밭에 탁탁탁, 도장을 찍듯이 발자국을 남기며. 소정은 바다가 잘 보이는 위치에 놓인 선베드에 자리를 잡았다. 근처 레스토랑에서 파라솔과 함께 설치해둔 것으로 자릿세 대신 음식을 주문해야 했다. 메뉴판에 적힌 음식 이름들을 읽다 보니 허기가 몰려왔다. 가장 먼저 눈에 띈 햄버거와 감자튀김, 차가운 맥주를 시켰다.

차게 식은 맥주가 아닌 미지근한 병맥주와 얼음이 담긴 유리잔이 먼저 나왔다. 음식은 조리하는 데에 시간이 좀 걸린다고 했다. 소정은 잔에 따른 맥주가 차가워질 때까지 잔을 빙빙 돌리며 기다렸다. 얼음이 달그락거리는 소리가 기분 좋았다. 어디선가 경쾌한 음악이 들려왔다. 소리가 나는 곳을 찾아 고개를 돌려보니 훌라춤을 배우는 사람들이 보였다.

미션이 아니라 이게 보상인 것 같네. 소정은 정말 그럴지도 모른다는 생각이 들었다. 이모가 미션을 핑계로 조카에게 특별 휴가를 선물한 게 아닐까. 요즘 힘들었지? 가서 푹 쉬어, 하고.

소정은 입사 6년 차 교양국 소속 방송 PD였다. 입사 후 첫 담당 프로그램이 시사토론 프로그램이었기 때문에 그 뒤에도 자연스럽게 사회 고발 프로그램과 탐사보도 프로그램을 맡았다. 가장 최근에 맡았던 '함께 달리는 X파일'은 소정과 동기 몇 명이 머리를 맞대어 만든 신규 프로그램이었다. 시청자의 제보를 받아 전국의 이슈 현장을 찾아가는 추적보도 프로그램으로 첫 방송부터 반응이 좋았다. 시청률도 점점 오르고 시청자 게시판에도 꾸준히 챙겨 본다는 글이 여럿 올라왔다. 그런데 지난 9월 개편 때 갑자기 프로그램 폐지 통보를 받았다. 비슷한 성격의 프로그램이 많으니 집중을 위해 정리하겠다는 게 이유였다.

소정은 납득할 수 없었다. '함께 달리는 X파일'은 다른 프로그램과 달리 제보자의 제보에 대해 추적만 하는 것이 아니라 직접적인 도움을 줄 수 있는 전문가들을 섭외해 제보자가 문제를 해결할 수 있도록 돕는 과정에 차별점이 있었다. 이 과정에서 PD들이 직접 겪은 일과 소감을 시청자들에게 소개하며 생생한 화두를 던지는 것이 프로그램의 목적이었다. 하지만 다른 프로그램과의 차이를 아무리 설명해도 받아들여지지 않았다. 프로그램 내부에서는 최근 방송 회차에서 제기한 문제가 방송국의 가장 큰 광고주와 연관이 있기 때문이 아니겠냐는 말이 나왔다. 폐지에 항의하는 소정에게 국장은 그간 애썼으니 당분간 쉬면서 새로운 아이디어를 구상하라고 했다. 국장실을 나오자 곧바로 문자메시지가 도착했다. 윤소정 PD, 발령 대기.

저 멀리 파도 위로 지민이 보였다. 제일 자신 있는 게 노즈 라이딩이라더니, 정말 서프보드의 앞머리 부분인 노즈에 서서 파도를 타고 있었다. "처음엔 두 걸음 거리를 네다섯 걸음으로 쪼개서 나갔어요. 그게 익숙해지고 나서는 다리를 교차해 중심을 잡으면서 크로스 스텝으로 걸었죠. 그리고 이젠 홉! 한 번에 앞으로 뛰어서 노즈에 가는 걸 홉이라고 하거든요." 비행기 안에서 손등을 보드 삼아 반대쪽 손의 검지와 중지로 보드 위에서의 스텝을 보여주던 지민의 모습이 떠올랐다. 노즈 라이딩을 잘하게 되면 서프보드 끝에 열 발가락을 걸어서 마치 보드 없이 두 발로만 물 위를 미끄러지는 듯한 경험을 할 수 있다고 했다. 행 텐, 하와이 바다에서 그걸 꼭 성공해보고 싶다고.

앞으로 사흘. 지민은 자신의 미션을 성공할 수 있을까. 지민이 타고 있던 파도가 해변으로 가까워지며 잦아들었다. 지민은 보드 위에 엎드려 패들링을 하며 다시 새로운 파도를 찾아 나섰다. 그 모습을 보다가 소정은 성희에게 메시지를 보내고 답장을 확인하지 않았다는 걸 떠올렸다.

—미션 완료!

소정의 메시지 아래로 성희가 보낸 메시지와 문서 파일이 보였다.

—완료는 아직, 미션은 진행 중!

파일을 열어보니 서핑 대회 참가증이었다. 대회 날짜는 바로 내일, 참가자로 지민의 이름이 적혀 있었다.

* * *

소정이 받았던 첫 번째 미션은 같이 스키장에 가는 거

였다. 2박 3일 동안 스키장 옆의 콘도에서 묵으며 성희 이모의 다른 조카들과 함께 재미있게 놀 것. 대답을 망설이는 소정에게 성희가 말했다.

"괜찮아, 그 애들도 다 나를 이모라고 불러. 별명 같은 거야."

그전까지 소정은 성희를 부를 때 "저기"라고 입을 뗐다. 저기요, 저기 그런데요, 저기 있잖아요. 이모라는 말은 나오지 않았다. 아빠와 결혼한 사람을 부르는 말도 결정하지 못했으면서 그 사람의 동생을 먼저 이모라고 부를 수는 없었다.

소정이 어린 시절을 보낸 곳은 눈이 잘 오지 않는 지역이었다. 내린다고 해도 땅에 닿으면 금세 녹아버려서 적설량 측정조차 되지 않았다. 몇 년에 한 번씩, 어쩌다가 눈이 조금이라도 쌓이면 도로의 운전자들이 낯선 승차감에 당황할 정도였다. 미션을 위해 스키장에 가기 전까지 소정은 눈싸움도 눈사람 만들기도 해본 적이 없었다. 눈을 뭉쳐서 굴리면 눈덩이가 점점 불어난다는 건 책에서 보아서 알고 있을 뿐이었다.

처음으로 혼자 고속버스를 타고 서울에 가기로 했다. 터미널로 성희와 다른 조카들이 탄 차가 마중 나올 예정이었다.

"이모랑 스키장에 가기로 했어요."

그렇게만 말했을 뿐인데, 대대적인 쇼핑을 했다. 가게에 진열된 어린이용 스키복 중에서 솜을 누빈 멜빵바지를 골랐다. 바지 끝단에 고무줄이 있었다. 발목까지 올라오는 운동화는 겉면이 코팅되어 발이 젖지 않는다고 했다. 같은 가게에서 코팅된 장갑도 샀다. 커다란 털방울이 달린 모자와 허리에 매는 가방은 색을 맞췄다.

"햇빛이 눈에 반사되면 굉장히 눈이 시려요. 하루 종일 맨눈으로 눈밭에 있으면 시력에 안 좋다니까."

가게 주인의 말에 눈밭을 한 번도 본 적이 없던 소정의 가족은 홀린 듯이 선글라스를 두 개나 결제했다. 하나는 얼굴에 밀착되는 고글 형태였고, 하나는 노란색 뿔테였다.

노란색은 소정이 제일 좋아하는 색이었다. 나란히 세워진 대여용 스키 중에서 노란 스키가 단번에 눈에 들어온 것도 그 때문이었다. 마침 사이즈도 딱 맞았다.

성희의 일곱 조카 중에 스키 강습을 끝까지 들은 건 소정뿐이었다. 소정과 동갑인 태리는 중간까지 같이 듣다가 스노보드가 더 멋진 것 같다며 스노보드 강습을 들으러 가버렸고, 다른 아이들은 저마다의 방법으로 눈을 가지고 놀기 바빴다. 혜주는 어디선가 플라스틱 삽을 빌려 와서 눈을 쌓아 요새를 지었고, 수영은 제 키보다 작은 꼬마 눈사람을 여럿 만들었다. 지애와 예리는 같은 편이 되어 다른 일행의 아이들과 눈싸움을 했다. 아름은 눈에 찍히는 제 발자국을 들여다보며 이리저리 걸어 다녔다.

그날 함께 강습을 받은 사람들 중에서 소정만 초급 코스를 벗어나 중급 코스까지 리프트를 타고 올라갔다. 강사는 소정에게 재능이 있다고 했다. 처음 탄다는 걸 믿을 수 없을 정도라고 감탄했다. 소정이 슬로프를 미끄러져 내려와 부드럽게 턴을 하자 주변에 있던 사람들이 모두 손뼉을 쳤다.

"엄마, 저 이모랑 또 스키장에 가고 싶어요."

'엄마'에게 하는 첫 번째 말이 이런 내용이라니. 소정은 스스로가 뻔뻔스럽다고 생각했지만, 그래도 스키를 더 탈 수만 있다면 상관없었다.

평창, 무주, 지산, 태백…… 전국 스키장에 스키 자국을 남겼다. 대여 스키가 아니라 개인 스키가 생겼다. 헬멧도 맞췄다. 종일권이나 주말권으로는 성에 차지 않아 결국 시즌권을 끊고 스키장에서 살다시피 했다. 그렇게 해가 바뀌는

동안 소정은 청소년 스키 대회에서 수상을 하는 스키 선수
가 되어 있었다.

성희는 소정의 부모 대신 소정과 함께 스키장에 가주었
다. 대회에 선수 등록을 할 때마다 새로운 미션 편지가 소
정에게 쥐어졌다. 즐기면서 할 것. 무리하지 말 것. 다치지
말 것. 절대로 다치지 말 것.

* * *

"전 보기만 할래요."

지민은 대회에 참가하지 않겠다고 했다.

"전 세계의 서퍼들이 모이는 대회라면서, 이 대회 때문
에 하와이에 오고 싶었던 거 아니에요?"

"맞아요. 하지만 정말 보고만 싶었을 뿐이에요."

말은 그렇게 하면서도 머릿속이 복잡한지 그릇에 담긴
참치 포케를 먹지 않고 포크로 뒤적이기만 했다. 대회이긴
하지만 꼭 상을 타지 않아도 괜찮아요. 참가하는 것만으로
도 특별한 경험이 될 거예요. 소정의 말은 지민의 귀에 들
리지 않는 듯했다.

"다른 서퍼들하고 같이 파도를 타면 좋잖아요."

소정의 말에 지민이 그렇지 않다고 대답했다.

"원 웨이브, 원 서퍼. 한 파도에 한 사람만 타는 거예요."

지민이 손을 뻗어 레스토랑 창밖의 해변을 가리켰다. 노을이 지는 바다 위로 서퍼들의 실루엣이 보였다. 멀리서 보면 나란히 떠 있는 것 같아도 사실 저마다 각자의 파도를 타고 있는 거라고. 모두가 다른 물결이라고. 같은 바다에서도 같은 파도를 타는 게 아니라고. 파도는 혼자 타는 거라고. 소정은 궁금했다. 지민의 말대로라면 무수히 밀려드는 파도 중에서 어느 것이 자신의 파도인지 어떻게 알아볼 수 있을까. 올라타려던 파도가 이미 다른 사람이 고른 파도라면 어쩌지. 누가 파도를 양보해야 하나.

"그냥 알아요. 이건 저 사람 파도구나, 내 파도는 저기에 오는구나."

"어떻게요?"

"다들 서퍼니까요."

서프보드를 침대에 눕히겠다는 지민의 말은 농담이 아니었다. 소정과 지민의 침대 사이에 보드가 누운 침대가 있었다. 지민은 호텔로 돌아오는 길에도 졸음이 가득한 얼굴이더니 객실에 도착하자마자 보드부터 침대에 올려놓고는 금세 잠이 들었다. 그럴 만도 했다. 저녁 한 끼를 먹을 때 빼고는 계속 서핑을 했으니.

소정은 침대에 누워 휴대전화를 들여다봤다. 19시간의 시차가 있는 한국에서는 '함께 달리는 X파일'팀이 사옥 앞에서 프로그램 폐지 반대 서명을 받고 있었다. 책임 PD인 소정이 없는데도 조연출 PD와 작가들은 지치지 않고 목소리를 높였다. 단체 메시지 방에는 매일 아침 그날의 서명 담당이 찍은 '출근' 사진이 올라왔다. 소정은 그 사진들을, 꾸준히 늘어가는 서명인 숫자를, 힘내자고 서로를 다독이는 팀원들의 말을, 그저 보기만 했다.

소정이 입사했던 첫해에 파업이 있었다. 사장이 바뀌면서 갑자기 발표된 개편안과 인사 발령이 문제였다. 모든 프로그램이 광고 판매 실적으로 줄 세워졌다. 항의도 설득도 통하지 않았다. 프로그램의 기획 의도나 반향은 중요한 것이 아니었다. 갑자기 정해진 '기준'에만 맞추라고 했다. 소정이 조연출로 있던 프로그램은 다행히 축소도 폐지도 되지 않았지만, 책임 PD였던 선배는 팀원들을 소집해 제작 중단을 선언했다. 다른 프로그램들도 하나둘 제작을 멈췄다. 사옥 로비에 모여 성명서를 읽었다.

하지만 그뿐이었다. 재방송과 특별 편성으로 겨우 메

우던 방송 시간은 곧 외주제작사의 프로그램들로 원활하게 채워졌다. 사측에서는 아무런 협상안도 제시하지 않았다. 파업 중인 직원들이 앉아 있는 로비로 이어지는 정문을 폐쇄하고 주 출입문을 후문으로 바꿨다. 다시 프로그램을 제작하겠다는 팀들이 생겼다. 소정의 팀도 그중 하나였다. 끝까지 로비에 남겠다던 사람들은 어느 날인가 사라졌다. 소정은 그들이 사라졌다는 사실조차 뒤늦게 알았다. 그저 정문이 다시 열려서 좋았다.

부딪치고 넘어지고 쓰러져 다칠 것이 뻔한 길로는 가고 싶지 않았다. 실패하는 선택은 한 번이면 충분했다.

* * *

그저 하얗게 펼쳐진 설원으로만 보이는 스키 코스에도 정해진 길이 있었다. 어디쯤에서 몸의 중심을 바꾸고 몸을 틀어야 하는지 선수들은 다 알고 있었다. 경험으로 단련된 감각이 최적의 경로를 찾아 기록을 단축하고 상대 선수를 앞지르게 했다.

그날의 코스를 소정은 잘 알고 있었다. 몇 번이나 연습했던 코스였다. 눈으로 보고 머리로 계산하기 전에 몸이 먼저 움직였다. 폴을 옆구리에 끼고 무릎을 굽혀 몸을 숙이면 목표를 향해 발사된 총알처럼 빠르게 바람을 가를 수 있었다. 앞선 경기의 선수들이 지나간 자리대로 눈이 매끈하게 자리 잡혀서 스키 바닥으로 아무런 마찰력이 느껴지지 않을 정도였다. 컨디션이 좋았다. 이대로라면 자신의 최고 기록을 경신하는 건 당연할 터였다. 하지만 소정의 마음은 초조하기만 했다. 눈앞에 보이는 상대 선수와의 간격이 도무지 좁혀지질 않았다.

만들어진 길을 따라가기만 하니까 안 되는 게 아닐까. 그런 마음이 들자 아직 스키 자국이 난 적 없는 길이 보였다. 더 빠른 길일 거라고 생각했다. 왼쪽으로 향하는 몸을 급하게 오른쪽으로 틀었다. 하지만 소정의 스키는 소정의 뜻대로 따라와주지 않았다.

두 발의 스키가 엉키면서 소정은 앞으로 고꾸라졌다. 미끄러져 내려오던 속도가 있었기 때문에 눈 속에 머리를 처박고도 멈추지 못했다. 코스의 옆은 절벽이었다. 다행히 펜스가 있어 떨어지진 않았다.

소정은 열아홉 살이었다. 스키 특기생으로 대학 입학이 예정되어 있었다. 장학금, 국제 대회 지원, 국가대표 선발전…… 그 모든 것이 사라졌다. 찰나의 선택 때문에. 팔, 다리, 어깨, 갈비뼈까지 골고루 부러진 뼈들이 붙을 때까지 꼼짝없이 침대에 누워서 그 순간을 후회했다.

* * *

조식 뷔페에서 접시에 과일을 담던 지민이 불쑥 대회에 나가겠다고 말했다. 소정은 시리얼에 우유를 붓는 중이었다. 왜 마음이 바뀌었느냐고, 대회에 나가지 못해 아쉬워하는 꿈이라도 꾸었냐고 묻자 그건 아니라고 했다.

"그쪽 바다에도 제 파도가 있을 테니까요. 타보려고요."

언제 또 하와이에 올 수 있을지 모르잖아요. 어쩌면 다신 못 올지도 모르는데. 하와이 파도를 여기저기서 다 타봐야죠. 지민이 양손에 과일 접시를 들고 말했다. 소정은 손이 부족한 지민 대신 요거트볼을 들어주었다.

"아직 열여섯 살이잖아요."

하와이에 백 번은 더 올 수도 있어요. 어쩌면 하와이에서 살게 될지도 몰라요. 대회에서 1등 해버리면 스카우트될지도. 서핑팀 같은 게 있나요? 소정의 말에 지민이 말도 안 된다며 웃었다.

말도 안 돼. 소정도 그렇게 말했던 적이 있었다. 몇 번이고, 계속해서.

"넌 이제 겨우 열아홉 살이야."

병실에 찾아온 성희는 소정에게 말했다. 열아홉이 얼마나 어린 나이인 줄 아느냐고. 그러니 뭐든 할 수 있다고. 원한다면 몸이 다 나은 다음에 스키도 다시 탈 수 있다고. 스키가 싫어졌다면 다른 게 좋아질 거라고. 좋아할 수 있는 일이 계속 생길 거라고. 소정은 말도 안 된다고 생각했다. 성희의 말을 도무지 믿을 수가 없었다. 스키를 탄 지 10년이었다. 10년 동안 쌓아왔던 것들이 아무 의미 없게 되어버렸는데 다음에 또 무엇을 이만큼 좋아할 수 있을 거라는 생각이 들지 않았다.

다 끝나버린 것 같았다. 자신은 이제 모든 가능성이 사라진 채, 그저 불가능의 상태로만 남은 거라고 생각했다. 스키 선수가 되지 못한 사람. 그 한 줄로 정리되는 윤소정의 삶. 소정은 이미 결론이 나버린 미래에 대해 생각하고 싶지 않았다. 내일 같은 건 모두에게 공평하게 오지 않았으면 좋겠다. 당장 지구에 혜성이 충돌해버리면 얼마나 좋을까. 스키 선수가 될 수 있었던 윤소정만 곱씹으며 멍하니 천장을 바라봤다.

성희는 소정이 퇴원할 때까지 매일 병실을 찾아왔다. 올 때마다 책을 한 권씩 가져왔다. 자는 척하는 소정의 옆에서 책을 읽어주었다. 소설을 읽어줄 때도 있고, 에세이일 때도 있고, 시집일 때도 있었다. 동화책이나 만화책을 가져오기도 했다. 책을 다 읽은 다음엔 이렇게 덧붙였다.

"이 작가는 서른다섯 살에 첫 작품을 썼대."

"이 책은 작가가 쉰 살에 쓴 거야."

"작가가 이 책에 나온 여행을 떠난 게 스물일곱 살이래. 그리고 지금 예순이 넘었는데도 여전히 걸어서 여행을 다닌다고 하네."

"은행원이었다가 은퇴하고 만화를 그리기 시작했대."

소정은 성희가 하고 싶은 말이 뭔지 알았다. 하지만 안다고 해서 다 깨닫는 건 아니었다. 성희가 해준 이야기들은 소정의 회복에 도움이 되었지만, 그 사실을 깨달은 건 훗날의 일이었다. 그때는 그저 이모의 노력이 고마울 뿐이었다.

퇴원 뒤에도 한동안은 혼자 걷기가 어려웠다. 소정의 부모는 거실에 있던 텔레비전을 소정의 방으로 옮겨주었다. 하루의 대부분을 텔레비전을 보면서 지냈다. 그러다 문득 화면 아래에 지나가는 자막을 따라 읽었다. 신입 PD 채용 공고.

서핑 대회는 호텔이 있는 오아후섬 남쪽 와이키키 해변의 반대편, 북쪽 끝 선셋 해변에서 열렸다. 참가자들은 대회가 시작되기 2시간 전까지 등록을 마쳐야 했다. 서프보드를 실을 수 있는 차를 렌트했다. 노란 오픈카였다. 지민이 출발하기 전에 차 앞에서 사진을 찍자고 했다.

"셋이 찍어요!"

지민이 주차장 담벼락에 휴대전화를 올려두고 타이머를 맞췄다. 소정은 지민에게 받은 사진을 성희에게 보냈다. 소정과 지민, 지민의 서프보드가 나란히 찍힌 사진을.

— 무사히 미션 수행 중!

출장 때문에 국제면허를 발급받아두긴 했지만 해외에서 운전을 하는 건 처음이었다. 소정은 잔뜩 긴장한 채로 핸들을 잡았다. 내비게이션에 찍힌 예상 도착 시간대로라면 무척 여유롭게 도착할 예정이었다. 드문드문 떠가는 구름이 해를 가리며 그늘을 만들었고, 바람은 시원했다. 이런 날이 파도가 좋다고, 지민이 설레는 목소리로 말했다.

"선셋 해변 근처에 유명한 식당 같은 거 있나 찾아볼래요? 대회 전에 간단하게 먹으면 어때요?"

"좋아요! 전 배가 든든하면 중심이 더 잘 잡히거든요."

지민이 "하와이 맛집, 선셋 해변 맛집, 현지 맛집"이라고 소리 내어 말하며 검색을 했다. 랍스터, 새우, 홍합 같은 해산물부터 초콜릿 바나나 팬케이크, 바닐라 아이스크림 프라페 같은 디저트까지. 지민의 검색 범위는 매우 넓었다. 둘은 상의 끝에 대회 전에는 가볍게 파인애플 볶음밥을 먹고 대회가 끝나면 초콜릿이 올라간 디저트를 먹기로 했다.

하지만 둘은 볶음밥도 디저트도 먹지 못했다. 내비게이션이 안내한 목적지에 해변은 없었다. '선셋 비치'라는 이름의 낡은 모텔뿐이었다. 목적지를 다시 제대로 찍어보니 가야 할 방향과 완전히 반대 방향으로 와 있었다. 곧바로 핸들을 돌려 액셀을 밟았지만 아무리 속도를 내서 달려가도 대회 시작 전에는 도착할 수 없는 거리였다.

소정은 지민에게 너무 미안했다. 아까는 언제든 하와이에 다시 올 수 있을 거라고 말했지만 정말 그런 날이 올 거라고 함부로 확신할 수는 없었다. 얼마나 실망했을까. 얼마나 속상할까. 소정은 성희에게 부탁을 해야겠다고 생각했다. 한 번 더 기회를 달라고. 열여섯 살의 하와이는 아니겠지만, 그래도 지민이 다시 하와이에 올 수 있게 도와달라고. 가야 했던 길로 갈 수 있도록 해달라고.

"잠시만요!"

지민이 두 손을 번쩍 들었다. 차를 세워달라고 했다. 소정은 지민에게 말하려고 했다. 대회는 이미 시작했겠지만, 그래서 참가할 수 없을 테지만, 그래도 다른 서퍼들을 볼 수는 있을 거라고. 아쉽겠지만 이번엔 다른 서퍼들의 경기를 보고, 다음에, 다음에는 꼭 참가할 수 있도록 방법을 찾아보겠다고. 정말 너무 미안하다고. 그렇게 말하려고 했다. 그런데 말을 꺼낼 틈도 없이 차가 멈추자마자 지민이 차에서 내려 뒷좌석의 서프보드를 꺼내기 시작했다.

"대박! 저기, 제 파도가 있어요!"

지민은 해변으로 달려갔다. 제 키보다 큰 서프보드를 번쩍 들고서. 그곳은 내비게이션에 이름도 찍히지 않는, 작은 해변이었다. 바다엔 지민뿐이었다. 모든 파도가 지민의 파도였다.

호텔 체크아웃을 하는 중에 성희의 메시지가 도착했다.

— 미션 완료를 축하해. 보상으로 내 유산을 받게 될 거야.

메시지에 이어 소정의 통장에 입금 내역이 있다는 알림이 떴지만 소정은 메시지도 입금 알림도 확인하지 못한 채

공항으로 향했다. 양손에 하와이 특산품이 가득 든 봉투를 들고 있기 때문이었다. 게다가 머릿속으로는 팀원들에게 건넬 말을 고심하느라 바빴다.

함께 가는 X파일, 우리끼리 해볼래? 우리끼리 해봅시다. 해보면 어때요? 할 수 있을 거라고 생각합니다. 합시다. 하고 싶어요.

배턴 터치

"있잖아, 아름 씨."

동갑내기 직장 동료인 혜미가 이제 막 출근한 아름을 붙잡았다. 자리까지 가지도 못하고 사무실 입구에 멈춰 선 아름은 일단 손사래부터 쳤다.

"안 돼, 못 들어줘."

월요일 아침이었다. 혜미가 하는 말이란 분명 주말 동안 있었던 일에 대한 푸념일 터였다. 평소에도 그랬지만 오늘은 특히나 더 피하고 싶었다. 일요일 낮에 혜미가 결혼을 약속한 남자의 부모에게 인사를 드리러 갔었다는 걸 아름은 알고 있었다. 불편한 원피스를 차려입고 이른 아침부터 미용실에서 머리 손질까지 했을 텐데. 게다가 백화점 식품관에서 꽤 비싼 한우갈비 세트를 사고 근처 꽃집에 예약해 둔 꽃바구니까지 챙겨 들고 갔을 텐데. 표정을 보니 즐거운 자리는 아니었던 모양이었다.

하지만 그날 무슨 일이 있었는지 아름은 궁금하지 않았다. 그날만이 아니라 혜미에게 일어난 그 어떤 일도 궁금하지 않았다. 그저 들었기 때문에 알고 있을 뿐이었다. 그런 아름의 마음을 알지 못할 혜미는 꽃바구니에 보라색 리본을 묶을지 분홍색 리본을 묶을지 고민하다가 결국 둘 다 묶기로 결정했다는 것까지 아름에게 이야기했지만.

"아름 씨, 제발."

혜미가 아름에게 텀블러를 내밀었다. 금요일에 퇴근하면서 깜빡 잊고 책상 위에 두고 갔던 아름의 텀블러가 깨끗하게 세척되어 있었다.

"뭐 마시고 싶을지 몰라서 아직 안 샀어. 가자, 내가 살게."

지금까지 들어준 이야기만으로도 당분간 커피는 당연히 혜미가 사야 하는 거 아닐까. 아름은 그렇게 생각하면서 혜미의 손에 이끌려 회사 앞 카페로 향했다. 그리고 아이스 바닐라라테와 치즈 샌드위치를 얻어먹는 대가로 혜미가 결혼을 망설이게 된 스물여섯 가지 이유에 대해 들어야 했다.

아름은 "그래" "그렇구나" "그러게" 같은 형식적인 대꾸를 했을 뿐인데 혜미는 속이 아주 후련하다며, 역시 아름

씨라고 치켜세우며 고마워했다. 아름이 좋아하는 메뉴로 점심도 사고, 먹고 싶을 때 먹으라며 아이스크림 기프티콘까지 주었다.

혜미만이 아니었다. 아름의 직속 상사인 김 팀장, 옆 팀의 박 대리, 심지어 거래처 직원 중에도 자꾸만 아름에게 "저기" "있지" "잠시 시간 되세요?" 하며 말을 거는 사람이 있었다.

어떤 사람들은 아름에게 뭐든 이야기하고 싶어 했다. 대화 상대를 찾는 것과는 달랐다. 그들은 그저 들어줄 사람을 필요로 했다. 인간 대나무숲이 필요한 거랄까. 그런 사람들은 다른 극성에 이끌리는 자석처럼 아름에게 찾아왔다.

그들이 자신을 알아보는 건, 분명 자세 때문일 것이다. 아름은 생각했다. 연필을 쥐는 모양대로 굳은살이 생기는 손가락처럼, 한 사람이 살아온 시간은 몸에 흔적을 남긴다. 그 흔적들이 모여 만들어진 삶의 자세는 고유한 실루엣으로 존재를 증명한다. 그리고 아름의 자세는 너무도 듣는 사람의 실루엣인 것이다. 말하는 사람들이 찾고 있던 그대로.

만약 선택할 수 있었다면 듣는 쪽보단 말하는 쪽을 골랐을 것이다. 아무래도 그쪽이 조금 더 자기 의지대로 살아갈 것 같았다. 입은 여닫을 수 있는데 귀는 늘 열려 있으니.

아름은 속절없이 다른 이들에게 끌려다니며 이야기를 넘겨
받았다. 표정은 뚱하고 말투도 퉁명스러운데 정작 부탁을
거절하지는 못했다. 듣는 사람으로 살다 보니 몸에 밴 건지,
원래부터 그런 성격이어서 듣는 사람이 될 수밖에 없었는
지는 알 수 없었다.

아무튼 아름은 말하는 자세에는 영 익숙해지지 않았다.
자기도 모르게 듣는 자세였다. 늘 성실하게 듣는 사람이었
다. 어떤 이야기를 들어도 크게 동요하지 않았고, 제 의견을
내세우지도 않았다. 게다가 들은 이야기를 결코 옮기는 법
도 없었다. 모두가 원하던 대나무숲이었다. 어떤 외침도 메
아리가 되지 않는 안전한 비밀의 숲. 어쩌면 누군가에게는
아름이 바람에 흔들릴 잎사귀 한 장 없이 바싹 마른 대나무
로 보이는지도 몰랐다.

* * *

"그렇게 다 들어주다간 무거워서 넘어져."

아름은 성희의 말을 이해하지 못했다. 뭐가 무겁다는
거지? 넘어진다는 건 무슨 소리지? 그도 그럴 것이 아름은
두 손에 아무것도 들고 있지 않은 채 그냥 침대 위에 누워

있었다. 소아병동 5인실 창가 자리가 아름이 누운 곳이었
다. 아름은 아홉 살이었고, 문병 온 친척들이 막 돌아간 참
이었다. 아름의 부모는 친척들을 배웅하기 위해 잠시 자리
를 비웠다. 그때 옆자리에 있던 보호자가 아름에게 이해할
수 없는 말을 한 것이다.

"저 무거운 거 없는데요."

"엄청 무거워 보이는데?"

여기가. 성희가 손가락으로 자신의 가슴께를 가리켰다.
마음이.

그 말을 듣고 보니 정말 무겁게 느껴졌다. 성희가 그랬
던 것처럼, 아름도 자신의 가슴께에 손을 대보았다. 마음이
그곳에 있다면, 손으로 만질 수 있는 신체의 한 부분이라면,
그 위에 무언가 켜켜이 쌓여 눌린 것 같았다.

아름은 몸이 약한 아기였다. 태어나자마자 인큐베이터
에 들어가야 했다. 작은 몸에 여러 관을 꽂고 있는 동안 아
름의 부모는 하루도 편히 잠든 날이 없었다. 세상에 존재한
다는 모든 신들에게 기도했다. 아름이 무사할 수만 있다면
기꺼이 포기할 것들의 목록을 눈물로 적었다. 그 간절함 덕
분이라고. 그러니 감사해야 한다고. 만나는 사람마다 아름
에게 말했다. 그 말을 듣기 위해 살아남은 것이라는 듯이.

아름이 들어야 하는 말들은 언제나 많았다. 병실 침대 주위로 커튼을 둘러치면 그곳은 교대로 아름의 곁을 지키는 엄마, 아빠와 아름만의 세계였다. 그곳에서 듣는 것은 아름의 일이었다.

성희가 자리에서 일어나 창문으로 다가갔다. 창문 밖으로 병원 근처 초등학교 운동장이 보였다. 가을이었다. 아이들이 운동회 연습을 하고 있었다.

"학교 다니니?"

"네, 입원하지 않을 때는 학교에 가요."

"운동회도 해봤니?"

"아뇨."

성희가 아름에게 자리에 앉을 수 있느냐고 물었다. 아름이 고개를 끄덕이자 침대 버튼을 눌러 등받이를 세워주었다.

"보이니? 이어달리기를 하고 있어."

아름은 해본 적은 없지만 이어달리기가 뭔지는 알았다. 정해진 거리를 여러 사람이 나눠 달리는 것. 자신의 몫을 다 달리면 배턴을 다음 사람에게 넘겨주고, 그 사람이 또 다음 사람에게 달려가고. 그렇게 결승선까지 가는 것. 언젠가 아름도 운동장을 달릴 수 있을 거라고, 그러면 이어달리기도 하고 줄다리기도 하고 박 터뜨리기도 할 수 있을 거라고. 아름의 엄마는 말했었다. 그런 날이 올 거라고 엄마는 믿어. 믿으면서 기도해. 아름이도 엄마 마음 알지? 아름이도 엄마 마음이랑 같지?

"어른들이 너한테 배턴을 주기만 하네. 네가 다 들지 않아도 돼. 너도 얼른 넘겨줘."

성희가 경기의 규칙을 알려주는 사람처럼 말했다. 진지한 눈빛이었다.

성희가 돌보는 아이는 의식이 없었다. 다른 보호자들이 소곤거리는 말로는 가족도 아니라고 했다. 어떤 사연인지는 몰라도 성희는 아이에게 정성을 다했다. 하루에 두 번씩 따뜻한 물을 적신 수건으로 아이의 온몸을 닦았다. 머리를 드라이 샴푸로 감기고 가지런히 빗어 총총 땋았다. 베개를 몸 여기저기에 받쳐 자세를 조금씩 바꾸고, 매일 다른 책을 읽어주었다. 성희가 책을 읽으면 아름도 가만히 그 목소리에 귀를 기울였다.

병실에서 함께 보낸 날이 많아지면서 아름의 부모는 급하게 자리를 비워야 할 때면 성희에게 아름을 잠시만 살펴달라고 부탁했다. 다른 아이들의 보호자도 종종 그랬다. 어떨 때는 병실에 어른이 성희뿐일 때도 있었다. 그러면 성희는 병실 가운데 서서 모두를 둘러보면서 이야기를 시작했다. "언젠가 어딘가에"라고 시작하는 성희의 이야기는 아이들이 함께 만드는 이야기였다. 성희는 이야기를 이어가는 마디마다 질문을 했다.

"왼쪽과 오른쪽 중에 어디로 갔을까요?"

"바다에서 며칠을 보냈을까요?"

"그다음엔 어떻게 되었는지 아는 사람?"

"그때 갑자기 누가 나타났지?"

아이들은 낯선 이야기를 자신의 이야기로 만들기 위해 열심히 말을 보탰다. 아무 대답도 하지 않는 건 아름뿐이었다. 그리고 이야기가 끝난 뒤 그 이야기를 기억하는 것도 아름뿐이었다.

아름은 아홉 살의 가을을 꼬박 병원에서 보냈다. 매년 한두 달씩 입원하긴 했지만, 그해는 유독 길었다. 그동안 같은 병실을 쓰는 아이들은 바뀌었고 계속 자리를 지키는 건 아름과 성희가 돌보는 아이뿐이었다.

어느 새벽, 잠에서 깬 아름은 아이가 성희를 부르는 소리를 들었다. 성희는 보호자용 간이침대에 잠들어 있는 모양이었다. "이모" "이모" 하고 부르는 작은 목소리가 커튼 너머에서 몇 번 더 들리다가 멎었다. 그 적막, 마치 처음인 것처럼 느껴지던 고요. 아름은 두려워서 눈을 질끈 감았다. 성희와 아이들이 함께 만든 이야기를 끊임없이 떠올렸다. 그러다 잠이 들었고, 아침이 왔고, 커튼이 젖혀졌다.

아이는 언제나 같은 모습이었다. 아름은 성희에게 이모라고 불러도 되냐고 물었다. 성희가 웃으며 고개를 끄덕였다.

병실을 먼저 떠나게 된 건 아름이었다. 아름이 태어났을 때부터 아름을 힘들게 했던 몸속의 어느 부분이 이제 다 나았다고 엄마는 말했다. 정말 감사한 일이라고 아빠도 말했다. '완치'라는 단어가 얼마나 귀한 말인지 아름은 듣고 또 들었다. 성희는 아름에게 퇴원 축하 선물이라며 샤프펜슬을 선물로 주었다.

"이제 학교 가서 공부 열심히 해."

아름은 성희의 말이 엄마와 아빠를 위한 말이라는 걸 알았다. 진짜는 아름의 손에 있었다. 샤프펜슬이 담긴 플라스틱 케이스가 아름의 손에 배턴처럼 쥐어졌다.

* * *

"아름 씨, 오늘 저녁에 시간 있어?"

묻는 사람은 당연히 기대하는 대답이 있다는 얼굴이었다. 그런 얼굴을 보면 아름은 저절로 듣는 사람이 되곤 했다. 하지만 이번엔 달랐다. 소정에게서 온 메시지가 먼저였다. 선약이 있다고 하자 말하려던 사람은 아쉬워하며 자리를 떠났다.

— 언니도 이모한테 마지막 미션 받았어?

소정에 따르면, 성희 이모는 조카들에게 마지막이라며 예전과는 좀 다른 미션 편지를 보내고 있었다. 아무래도 수상하다는 게 소정의 의견이었다.

아름은 평소엔 버스를 타고 퇴근했지만 오늘은 지하철을 타기로 했다. 두 번이나 환승해야 했지만 버스보다 빨리 집에 도착할 수 있었다. 우편함에 보라색 편지 봉투가 꽂혀 있는 게 보였다.

미션 편지는 성희가 일곱 명의 조카들과 주고받는 특별한 펜팔이었다. 미션을 완료하면 보상을 받을 수 있었다.

아름은 봉투 뜯는 걸 망설였다. 이 편지가 정말로 이모의 마지막 편지라면, 이번에도 지금까지와 같은 미션이 적혀 있다면.

아름이 처음 편지를 받은 건 열한 살 때였다. 그 뒤로
늘 같은 미션을 받았다. 한 번도 미션을 완료한 적이 없기
때문이었다.

사랑하는 나의 조카, 아름에게.
잘 지내고 있니? 너에게 마지막 미션을 보낸다.
이 미션을 완료하면 너는 보상으로 나의 유산을 받게 될 거야.
부디 이번엔 꼭 미션을 완료하길 바라며.

마지막 미션: 배턴 터치

봉투 안에는 편지와 함께 초대장이 들어 있었다. 거기
적힌 '장례식'이라는 글자에 아름은 눈물부터 쏟았다.

* * *

사랑하는 나의 조카, 아름에게.
잘 지내고 있니? 오랜만이지?
중학교는 어때? 교복은 잘 어울리는지 궁금하다.

친구들은 많이 사귀었니?

네가 너무 많은 배턴을 받지 않길 바란다.

기억하지? 너무 무거우면 달리기 힘들어. 넘어질 수도 있어.

그러니까 한 번쯤은 이모가 주는 미션을 완료해보길.

미션: 배턴 터치

아름은 이번에도 미션을 완료하지 못할 거라는 걸 알았
다. 이모에게 보내는 답장에는 시시한 이야기들만 적힐 것
이다. 혹시 미션을 완료하지 못하면 편지가 끊길까 봐 걱정
하기도 했는데 다행히 편지는 계속 도착했다. 미션 편지를
받는 다른 조카들과 스키장에 다녀오기도 했고, 그곳에서
친해진 소정과는 따로 만난 적도 있었다. 성희와 마찬가지
로 성희의 조카들과 있을 때 아름은 그저 듣기만 하는 사람
이 아닐 수 있었다. 그래서 가볍고, 즐거웠다.

학교에서는 점점 무거워졌다. 성희의 말대로, 배턴을
너무 많이 받았다. 친구들은 아름에게 수많은 비밀을 고백
했다. 아름은 누가 누구를 짝사랑하는지, 또 누가 누구를 질
투하는지, 가깝게 붙어 다니는 친구들끼리 사실은 속으로
서로를 미워한다는 것도 알게 되었다. 친구들 저마다의 집

안 사정과 내밀한 고민들도 들었다. 비밀을 털어놓은 친구들은 서서히 아름을 멀리했다. 속마음을 모두 적은 일기장을 서랍 깊숙이 넣어두는 것처럼, 아름과도 거리를 두려 했다. 아름뿐만이 아니라 아름에게 비밀을 이야기했다는 사실로부터 멀어지려는 듯이.

아름은 모두가 떠난 트랙 위에 어찌할 바를 모르고 남겨졌다.

사랑하는 성희 이모에게.

이모, 나는 잘 지내고 있어.

중학교는 재미있어.

친구들도 많이 생겼어.

제일 좋아하는 과목은 영어야.

단어 시험에서 만점을 받았거든.

암기력이 좋다고 선생님께 칭찬도 받았어.

다음 편지는 영어로 써볼까?

아름은 성희의 미션 편지를 받을 때마다 여기저기서 건네받은 배턴을 다른 사람에게 넘겨주는 상상을 했다. 무거웠던 몸이 점점 가벼워지고, 제 몫의 배턴 하나만 들고 결승선을 향해 달려가는 상상. 그런데 누구에게 배턴을 준단 말인가. 아주 적은 무게라도 아무에게나 떠넘기고 싶진 않았다. 준비가 된 같은 팀에게 건네고 싶었다. 하지만 누가 받아줄 준비가 되어 있는지 아름은 알지 못했다. 기꺼이 아름을 이어 달려줄, 등을 내보이고 손을 뒤로 뻗은 채 발을 맞춰줄 사람을. 그 준비된 자세를, 다른 사람들은 어떻게 알아보는 걸까. 정말 알아볼 수는 있는 걸까?

* * *

아름은 진짜 배턴을 건네본 적이 있다.

고등학교 1학년이었고, 가을 운동회가 아니라 여름 체육대회였다. 졸업한 초등학교와 중학교가 있는 지역에서 멀리 떨어진 고등학교에 입학했기 때문에, 아무도 아름을 체육대회 선수 명단에서 제외하자고 말하지 않았다. 그곳에서 아름은 '아픈 아이'도 '아팠던 아이'도 아니었고, 그냥 1학년 3반 16번 송아름이었다. 칠판에 종목별로 출전할 반 아이들의 명단을 적던 반장이 아름에게 말했다.
"너 발이 빨라 보인다. 잘 달려?"

발이 빠른지 느린지 얼굴만 보고도 알 수 있나. 아름은 모른다고 대답했다. 잘 모른다고.

"아무렴 어때."

반장 한유리는 아름의 미덥지 않은 대답에 개의치 않고 이어달리기 선수 명단에 아름의 이름과 자기 이름, 그리고 몇 명의 이름을 더 적었다.

"제일 힘든 거로 내가 총대 멘 거 보이지? 다들 빼지 말고 후딱 하나씩 정하자."

"야, 그게 뭐가 제일 힘드냐."

"한유리가 반장 권력 남용하네."

유리를 타박하는 목소리들엔 웃음기가 배어 있었다. 발야구, 배드민턴, 장애물 넘기, 줄다리기 팀이 빠르게 꾸려졌다. 담임선생님의 담당 교과목이 체육이었던 탓에 매일 방과 후에 체육대회를 대비한 특별 훈련이 이어졌다.

출전 주자 네 명과 후보 주자 한 명으로 이루어진 이어달리기 팀은 트랙을 달리기 전에 트랙 한쪽에 서서 배턴을 주고받는 연습부터 했다. 국가대표 상비군 육상선수 출신인 담임선생님은 육상 종목에서는 반드시 1학년 3반이 1등을 해야 한다고 강조했다.

"이어달리기에서 제일 중요한 게 뭐지?"

"배턴입니다!"

유리가 씩씩하게 대답했다.

"좋아, 반장! 그럼 배턴을 잘 주고받으려면 뭐가 제일 중요하지?"

"팔의 각도!"

"속도 조절!"

"보폭 맞추기!"

아이들이 저마다 한마디씩 뱉었다. 담임선생님이 대답 없는 아름에게 눈을 맞췄다.

"송아름, 뭐가 제일 중요하지?"

"어…… 자세?"

아름의 대답까지 들은 담임선생님은 허리에 양손을 얹고 말했다.

"모두 맞고, 모두 틀렸다! 각도, 속도, 보폭, 자세 모두 중요하지. 하지만 제일 중요한 건 연습이야. 이어달리기는 주자들이 같이 연습하는 게 제일 중요해."

올림픽이라도 나가는 것처럼 비장한 담임선생님의 모습에 아이들도 덩달아 진지해졌다.

4명 중 첫 주자는 중학교 때 달리기 기록이 좋았다는 혜진이 맡기로 했다. 처음부터 다른 반과 거리를 벌려 여유롭게 시작해보자는 작전이었다. 두 번째 주자는 아름이었다. 혜진이 벌려놓은 거리를 혹시 아름이 따라잡히더라도 세 번째 주자인 유리가 만회하기로 했다. 유리는 초등학교 때 육상부였는데 본격적인 선수 생활은 하지 않고 접었다고 했다. 마지막 주자인 영은과 후보 주자인 세정은 일단 배턴만 받으면 전력 질주를 하겠다고 각오를 다졌다.

혜진에게서 아름에게로, 아름에게서 유리에게로, 유리에게서 영은에게로, 그리고 세정에게로. 다시 혜진에게로. 이어달리기 팀은 열심히 배턴을 주고받았다. 둥글게 서서 주고받기도 하고 한 줄로 서서 주고받기도 했다. 쥐고 있던 배턴을 앞으로 내미는 사람은 "배턴!"이라고, 배턴을 받는 사람은 손에 배턴이 닿으면 "터치!"라고 외치기로 약속했다. 혹시 서로가 엇갈려 배턴을 놓치는 사고를 방지하기 위해서였다.

"진짜 완벽한 작전이지?"

유리가 아름의 어깨에 팔을 두르며 웃었다. 유리와 같은 중학교 출신인 혜진과 영은은 유리가 넉살 좋게 얘기할 때마다 또 저런다며 핀잔을 주었지만 애정이 담겨 있다는 게 티가 났다. 세정도 금세 아이들과 어울려 유리를 놀렸다.

아름은 아이들과 친해지고 싶었다. 이 아이들이라면 아름에게 무거운 말을 얹기만 하진 않을 것 같았다. 배턴을 주고받는 것처럼 말과 마음을 주고받는 같은 팀이고 싶었다. 성희 이모의 미션 편지에 적혀 있던 배턴 터치, 진짜 배턴으로 성공한다면 아름의 마음도 가뿐하게 결승선으로 달려갈 수 있을 것 같았다.

아름은 걱정했던 것보다 잘 달렸다. 아주 빠르다고는 할 수 없어도 느리지는 않았다. 이어달리기에서 주자 한 명이 달리는 거리는 운동장 반 바퀴, 마지막 주자만 한 바퀴였다. 그 정도면 아름도 지치지 않고 달릴 수 있었다. 유리가 의기양양하게 말했다.

"역시 내 눈은 틀리지 않았다니까."

체육대회 날은 무척이나 더웠다. 구름 한 점 없는 하늘에 해가 쨍쨍했다. 운동장엔 반마다 쉴 수 있는 그늘막이 있었지만 그 안에 있어도 금세 정수리가 뜨거워졌다. 아름은 엄마가 물통에 챙겨준 이온 음료를 마시며 겨우 더위를 버티고 있었다. 입안으로 흘러드는 미지근한 이온 음료의 달고 짠 맛. 그 맛을 느낄 때마다 엄마의 목소리가 떠올랐다. 넌 다른 아이들과 다르니 절대로 무리하지 말라던 당부의 말이 아름의 지친 몸을 더 무겁게 했다.

어째서 애정의 말에도 무게가 있는 걸까. 힘내라는 말이 힘들고, 괜찮다는 말이 괜찮지 않았다. 받기만 하면 무거워진다고, 그러다 넘어진다는 성희 이모의 말 역시도 아름에게는 무겁기만 했다. 하지만 아름이 받지 않으면 그 무게는 주지 못한 사람에게 남을 것이다. 이모의 염려, 엄마의 한숨…… 그 안에 담긴 마음…… 그 무게가 누군가는 들어야만 하는 것이라면…….

이어달리기는 체육대회의 마지막 종목이었다. 경기가 시작할 때쯤 아름은 완전히 지쳐 있었다.

"아름아, 너 괜찮아?"

유리가 아름에게 차가운 캔 음료를 건넸다. 아름은 열기가 오른 이마에 캔을 문질렀다. 살 것 같았다.

"괜찮아, 고마워."

다행히 오후가 되면서 하늘에 구름이 드리워졌다. 구름이 해를 가려 운동장 전체에 그늘이 생길 때도 있었다. 바람도 불었다. 이 정도면 뛸 수 있을 거라고 아름은 생각했다. 이어달리기 선수들은 출발선으로 모이라는 안내 방송이 나왔다.

아름은 보았다. 다른 반 이어달리기 선수는 네 명씩이

었다. 후보 주자가 있는 건 아름의 반뿐이었다. 유리가 아름에게 말했다.

"아무래도 세정이가 대신 뛰는 게 좋겠어. 아름이 넌 쉬어야 할 것 같아."

"아니야, 나 뛸 수 있어."

아름은 첫 번째 주자인 혜진이 들고 있던 배턴을 다급하게 붙잡았다.

"아름아!"

교문 쪽에서 엄마의 목소리가 들렸다. 아름은 배턴을 잡고 있던 손을 놓았다.

아름은 이어달리기 경기를 보지 못하고 조퇴했다. 그 뒤로 이틀을 앓았다. 자꾸만 잠이 쏟아져서 침대에서 일어나지 못했다. 손가락 하나 움직이기 어려웠다. 아주 두껍고 무거운 이불이 아름의 몸에 덮여 있는 것 같았다. 잠결에 엄마가 아빠와 이야기하는 걸 들었다. 담임선생님께 몸이 약한 아이이니 조심해달라고 특별히 부탁했는데 왜 이렇게 됐는지 너무 속상하다고.

아름은 차라리 트랙에서 넘어지고 싶었다. 배턴을 떨어뜨리거나 헛손질하고 싶었다. 그랬다면 지금보단 더 나았을 것 같았다. 아주 커다란 배턴을 누구에게도 건네주지 못한 채 품에 안고 달리는 기분. 그 무겁고 무거운 마음으로, 영영 어떤 기대를 버리기로 했다.

* * *

"있잖아, 아름 씨."

혜미가 퇴근하려는 아름을 불렀다. 아름은 오늘은 정말이지 아무것도 듣고 싶지 않았다. 내일은 성희 이모의 장례식이고, 그것만으로도 충분히 무거웠다. 아니, 넘치게 무거웠다. 당장이라도 바닥 아래로 꺼져버리고 싶을 만큼.

아름은 혜미의 말을 못 들은 척하고 사무실을 나섰다. 엘리베이터를 기다리는 동안 다시 마주칠 것 같아 비상계단 문을 열었다.

'완치'라는 말을 들은 지도 20여 년이 지났지만 여전히 아름은 체력이 약했다. 생각으로는 계단을 여러 칸씩 마구 뛰어 내려가고 싶었지만 한 칸씩 조심히 내려가도 숨이 찼다. 1층에 도착해서는 빠르게 뛰는 심장을 진정시킬 시간이 필요했다.

건물 앞에 혜미가 서 있었다. 아름은 이번에도 못 본 척 혜미를 지나쳤다.

버스정류장으로 걷는데 반대 방향으로 가야 할 혜미가 아름을 따라왔다. 한 걸음 거리를 두고서.

"있잖아, 아름 씨. 나도 회사에서 만나서 친구 되고 그런다는 거 잘 안 믿었거든. 출근하면 인사하고 퇴근하면 연락 끊기는 사이가 깔끔하고 좋다고 생각했거든. 그런데 아름 씨한테는 자꾸 일 얘기 말고 다른 얘기도 하고 싶고 그렇더라. 우리 벌써 같이 일한 지 3년이나 됐어. 아름 씨는 자기 얘기 잘 안 하지만 그래도 날 싫어하는 건 아니라고 믿고 싶거든. 나는 친해지고 싶었던 건데 귀찮게만 한 거 같아서 미안해."

지금이다. 아름은 혜미가 배턴을 내밀었다는 걸 알았다. 뒤를 돌아보니 어색한 웃음을 짓고 있는 혜미의 얼굴이 보였다.

"아름 씨가 무슨 일이 있는 것 같아서. 힘들어 보여서, 오늘 말하고 싶었어. 우리 그래도 좀 친한 사이 아니야?"

"혜미 씨."

터치. 아름은 생각했다. 어쩌면 마지막 미션을 완료할 수 있을지도 모르겠다고.

"괜찮으면 내 얘기 좀 들어줄래?"

　　　　　　　　　　　* * *

　아름은 성희의 장례식에 온 사람들에게서 성희에 대한
이야기를 들었다. 성희와 어떻게 만났는지, 어떤 일들이 있
었는지, 성희에게 해주고 싶은 말은 있는지. 그리고 들은 이
야기들을 기록한 책을 성희에게 선물하기로 했다. 혜미의
아이디어였다.

　성희의 장례식이 끝나고 책이 완성되기까지는 시간이
오래 걸리지 않았다. 아름은 듣는 자세에 익숙한 사람이었
으므로 성실하게 잘 들었고 암기력이 좋아서 이야기뿐만
아니라 이야기하는 사람의 표정, 목소리, 눈빛까지도 꼼꼼
하게 기록했다.

　아름이 책을 들고 성희를 찾아갔을 때, 성희는 침대에
서 몸을 일으키기가 어려웠다. 아름은 언젠가 성희가 그랬
던 것처럼, 성희에게 책을 읽어주었다.

　"이모, 나 미션 완료했어."

　"그래? 어떤 보상을 주면 좋을까. 원하는 걸 말해봐."

　아름은 기꺼이 대답했다.

　"이모의 이야기를 듣고 싶어."

답장은 없어도 괜찮아

주문한 커피가 한참을 기다려도 나오지 않았다. 멋쩍게 헛기침을 하던 성희가 해야 할 일부터 얼른 해치우려는 듯 테이블 위에 편지 봉투를 올려놓았다. 주현은 봉투를 선뜻 집어 들지 못하고 바라만 보았다.

성희는 편지 쓰기를 좋아하는 사람이었다. 그래서 성희와 연애를 하는 동안 주현은 수없이 많은 편지를 받았다. 생일이어서, 연애를 시작한 지 100일이 되는 날이어서, 비가 와서, 크리스마스여서, 그리고 아무런 이유 없이. 성희는 주현에게 자주 편지를 내밀었다. 축하한다고, 사랑한다고, 보고 싶다고, 소중하다고, 고맙다고. 그런 말들. 마음을 간지럽히고 따끈하게 데우는 말들이 성희의 글씨로 정갈하게 적혀 있는 것을 볼 때면 쑥스러움이 많은 주현은 제 얼굴에 저절로 피어오르는 표정을 감추기 위해 발가락 끝에 힘을 주어야만 했다.

서로 편지를 써주자며 마주 앉은 적이 있었다. 똑같은 편지지에 같은 색 펜으로 상대에게 하고 싶은 말을 쓰기로 했다. 특별한 날은 아니었고, 그저 같이 시간을 보내는 근사한 방법이라고 생각했을 것이다. 무엇을 하든 함께 있기만 하면 데이트가 된다는 게 행복한 때였다.

그날 주현은 성희가 편지를 쓸 때마다 항상 가지고 다니는 수첩에 편지에 적을 말을 먼저 써본 다음 편지지에 가지런히 옮긴다는 걸 알게 되었다.

"실수할까 봐 연습하는 거야?"

글씨를 삐뚤빼뚤하게 쓰거나 잘못 쓸까 봐 그러는 줄 알았다. 아니면 쓰는 동안 머릿속에서 말이 뒤엉켜서 이상한 방향으로 뻗어나간다거나. 주현도 가끔 하는 걱정이었다. 그래서 주현은 편지에 적을 말을 머릿속으로 여러 번 곱씹어 전부 결정한 다음에야 비로소 펜을 들곤 했다.

"아니, 남겨두는 거야."

성희는 자신의 수첩을 들여다보면서 마저 대답했다.

"보내고 나면 내가 쓴 편지는 다시 읽을 수가 없으니까."

"뭐야, 네 글이 너무 아까워서 그러는 거야?"

주현의 말에 성희는 소리 내어 웃었다. 주현도 성희를 따라 웃었다. 그리고 웃음이 그친 뒤, 성희가 뭐라고 말했더라. 주현은 기억하지 못했다. 분명히 진지한 표정으로 한참 이야기했었는데…… 그 모습이 제법 귀여웠는데…….

그날은 볕이 좋은 오후였다. 조용한 음악이 흐르는 카페 창가에는 크기가 적당한 테이블이 있었다. 말소리를 덮지 않을 정도의 소리로 카페 안을 채우고 있던 오래된 팝송. 성희가 마신 유자차와 주현이 마신 카페라테. 창밖으로 지나가던 시내버스 번호까지도 떠오르는데, 성희가 했던 말은 까맣게 잊혔다. 그날 성희에게 주었던 편지에 자신이 뭐라고 썼는지도 주현은 잊었다. 성희가 준 편지는 아직 가지고 있다. 아마도. 정확히 어디에 있는지는 몰라도 버린 적은 없으니 주현의 방 안 어디엔가 있을 것이다. 주현은 성희라면 자기가 준 편지를 차곡차곡 모아서 깨끗한 상자에 담아 땅에 묻었을지도 모른다고 생각했다. 모을 만큼 편지를 많이 쓴 것 같지도 않지만, 어쨌든.

주현은 긴장한 얼굴로 맞은편에 앉아 있는 성희를 힐끔 보고는 편지 봉투를 집어 들었다. 성희와 헤어진 뒤 주현은 새로운 연애를 시작했다. 그 사실을 성희도 알고 있었다. 그런데 이제 와서 편지라니. 성희의 이런 점이 여전히 주현의 마음 한구석을 부드럽게 만들었다.

"아니, 잠깐만."

봉투를 뜯으려는 주현을 성희가 막았다.

"그거 너한테 쓴 거 아닌데."

때마침 종업원이 다가와 주현과 성희 사이에 따뜻한 커피 두 잔을 내려놓았다. 주현은 돌아서는 종업원에게 다급하게 말했다.

"얼음물 한 잔만 주세요."

주현은 얼음물을 벌컥벌컥 마셨다. 입안에 딸려 들어온 얼음 몇 알도 와작와작 씹었다. 그러다 떠올랐다. 그날 성희가 했던 말이. 다는 아니고 일부만.

말은 약속이기도 해서,

무슨 약속을 했는지 잊지 않으려고 한다고.

그제야 편지 봉투 구석에 적혀 있는 수신자의 이름이 보였다.

사랑하는 나의 조카, 지애에게.

에필로그

"지애가 왜 네 조카야?"

얼마 전 열세 번째 생일을 보낸 지애는 언니의 딸로 주현의 하나뿐인 조카였다. 주현은 언니의 집에 얹혀살고 있었고, 맞벌이하는 언니 부부 대신 지애와 시간을 보내고 용돈을 받았다. 조카도 챙겨야 하고 연애도 하고 싶어서 종종 셋이 만나기도 했다. 지애와 성희를 같이. 그런데 지애가 성희를 제법 마음에 들어 하더니 주현과 성희가 헤어진 뒤에도 자꾸만 성희 이모를 찾았다. 네 이모는 나밖에 없다고 말해도 듣지 않았다. 언니는 주현에게 그 친구와 싸웠느냐고 물었다. 친구끼리 싸우고 그러지 말고 얼른 화해하고 조카 소원도 좀 들어주라며 매일 닦달을 했다. 주현은 어디서부터 말해야 할지 머리를 싸매고 고민하다가 홧김에 성희에게 전화를 걸었다. 지애의 생일에 같이 놀이공원을 좀 가줄 수 있겠느냐고.

말하면서도 참 뻔뻔스러운 제안이라고 생각했지만 성희가 들어주리라는 것도 알았다. 지애가 성희를 얼마나 잘 따르고 좋아했는지 성희도 알고 있었으니까. 게다가 아직 주현과 헤어지기 전 지애를 마지막으로 만났던 자리에서 성희는 다음에 또 보자고 인사했었다. 그 말을 지애가 기억하고 있으니 성희는 약속을 지킬 수밖에 없었을 것이다. 성희는 그런 사람이었다. 그래, 그래서 참 좋아했었지.

"내가 이 편지를 빌미로 너에게 매달린다거나 하려는 건 절대로 아니야."

"알아."

주현은 여전히 따뜻한 커피 잔을 입으로 가져갔다. 그리고 천천히 차가운 입안으로 따뜻한 커피를 흘려 넣었다.

"지애랑 약속했거든. 너도 알고 있어야 할 것 같아서 너한테 전해주는 게 좋을 거라고 생각했어."

"당연하지. 내 조카거든."

주현은 성희가 그제야 편안하게 자세를 고쳐 앉는 것을 보았다. 두 사람은 더는 아무런 말 없이 커피를 마셨다. 그리고 잔이 비었을 때 자리에서 일어났다. 카페 밖으로 나서면서 서로 다른 방향으로 걸어갔다.

집으로 가는 버스를 기다리면서 주현은 언젠가 성희와 나누었던 대화가 떠올랐다. 일찍 잠이 든 주현을 깨우고 싶지 않아 전화를 거는 대신 편지를 썼다며 건네주는 성희에게 주현은 무심하게 물었다.

"난 답장도 잘 안 하는데 이렇게 자꾸 편지를 쓰면 서운하지 않아?"

성희는 아무렇지도 않게, 대답했다.

"답장은 없어도 괜찮아."

내가 너에게 어떤 말을 주었는지 내가 알고 있으니까.

기억하니까. 그거면 충분해.

얼마큼 나이를 먹으면 어른이 되는 걸까. 나이만이 전부가 아니라면 어떻게 해야 어른이 될 수 있을까. 이 책에 실린 소설들을 쓰면서 좋은 어른이 되고 싶었다. 나를 알고 내가 아는 어린이들에게, 이미 나와 같은 세계를 살고 있는 동료들에게.

나보다 더 어른이 된 내가 지금의 나를 만난다면 어떤 말을 할까. 그렇게 생각하다 보니 지금의 나보다 덜 어른이었던, 그리고 아이였던 나에게 하고 싶은 말이 떠올랐다. 그 말을 성희 이모가 자신이 사랑하는 조카들에게 대신 해주었다.

책으로 묶을 초고를 쓰는 동안 누군가 함께 읽어주기를

바라며 메일링 서비스로 독자들을 모셨다. 혈연관계가 아닌 다른 세대의 여성들이 마음을 나누며 서로의 삶에 기대어 살아가는 이야기라고 소개했다. 그대로 되었기를, 앞으로도 그렇게 전해지기를 바란다.

이어달리기

© 조우리 2022

초판 1쇄 인쇄 2022년 2월 10일
초판 1쇄 발행 2022년 2월 21일

지은이 조우리
펴낸이 이상훈
편집인 김수영
본부장 정진항
문학팀 하상민 김다인
마케팅 김한성 조재성 박신영 조은별 김효진 임은비
경영지원 정혜진 엄세영

펴낸곳 (주)한겨레엔 www.hanibook.co.kr
등록 2006년 1월 4일 제313-2006-00003호
주소 서울시 마포구 창전로 70 (신수동) 화수목빌딩 5층
전화 02-6383-1602~3 **팩스** 02-6383-1610
대표메일 munhak@hanien.co.kr

ISBN 979-11-6040-752-5 03810